LA REDENCIÓN DE MATEO

ExLibric

CARLOS CONROY FERRECCIO

LA REDENCIÓN DE MATEO

EXLIBRIC
ANTEQUERA 2025

LA REDENCIÓN DE MATEO
© Carlos Conroy Ferreccio
Diseño de portada: Dpto. de Diseño Gráfico Exlibric

Iª edición

© ExLibric, 2025.

Editado por: ExLibric
c/ Cueva de Viera, 2, Local 3
Centro Negocios CADI
29200 Antequera (Málaga)
Teléfono: 952 70 60 04
Fax: 952 84 55 03
Correo electrónico: exlibric@exlibric.com
Internet: www.exlibric.com

ISBN: 979-13-87944-04-9
Depósito Legal: MA 1088-2025

Impresión: PODiPrint
Impreso en Andalucía – España

Nota de la editorial: ExLibric pertenece a Innovación y Cualificación S. L.

CARLOS CONROY FERRECCIO

LA REDENCIÓN DE MATEO

I

Mateo cerró la puerta. Pisó la nieve. El frío lo estremeció. Se frotó las manos, buscando algo de calor, y comenzó a caminar. Estaba en un entorno nuevo, extraño, aunque menos extraño que su propia alma.

Hacía una semana que había llegado. Todo era diferente a lo que conocía. Estaba a más de seis mil kilómetros de casa. Esa casa que había dejado en Lima, sin pensarlo mucho y apenándole poco.

Este frío no lo había sentido nunca. Tenía los dedos entumecidos, la cara seca, la piel congelada. Pero al menos había conseguido un buen abrigo. Le mantenía el cuerpo a una temperatura soportable. Mejor empezar a caminar.

La sensación de pisar la nieve era completamente nueva. Le encantaba. Más aún cuando había nevado durante la noche y el suelo se volvía blando.

Nadie del lugar disfrutaba realmente caminar por la nieve rumbo al trabajo a las siete de la mañana. Pero para Mateo era otra cosa. Era como caminar en otro mundo. Porque estaba, en efecto, en otro mundo.

No había veredas. Solo un camino ancho por el que, muy de vez en cuando, pasaba algún auto. A ambos lados, hileras de tráileres adaptados como viviendas para los empleados.

Poco a poco, ese camino comenzaba a llenarse de personas. Todas salían de sus tráileres igual que él; todos caminaban hacia el mismo destino: el resort de esquí, un kilómetro más allá. Para llegar había que cruzar un pequeño puente de madera sobre un riachuelo.

Mateo prefería caminar al lado del agua. Lo hacía sin pensar, con naturalidad, como si buscara algo en el sonido del cauce. Paz. Armonía. Palabras que no tenía y tal vez ni comprendía, pero que, sin embargo, buscaba. La naturaleza lo llamaba.

El riachuelo estaba flanqueado por árboles altos. Sus ramas verdes, cubiertas por la nieve. Como en las películas de su infancia. Era uno de los pocos recuerdos que no había logrado borrar, a pesar de sus múltiples intentos por aniquilar el pasado.

No lo había logrado. No lo lograría.

El pasado lo sigue a donde vaya.

Pero eso, Mateo, aún no lo sabía.

Los árboles... ¡cómo le gustaban a Mateo! Estoicos, pacientes, resilientes. Sabía que estaban vivos y los admiraba por eso.

Detrás del campamento de tráilers se extendía un bosque. Enorme. Le habían dicho que no se adentrara. Que era peligroso. Que había osos. Solo imaginarlo lo obligaba a mirar hacia atrás, una y otra vez, como si algo lo atrajera.

Ese conflicto sutil entre miedo y curiosidad. Entre los que retroceden y los que avanzan. Mateo pertenecía al segundo grupo. Así abordaba la vida: sin protección. Con la herida abierta.

Caminaba cerca de los árboles. A veces levantaba la vista y observaba cómo el sol derretía la nieve de las ramas. ¿Serían pinos? No lo sabía. Prefería no catalogarlos. Así eran más libres. Y más hermosos.

De vez en cuando, un coyote. Lo veía aparecer, cruzar el camino a poca distancia. La primera vez se asustó. No sabía si debía correr. Se quedó quieto. Lo observó. El coyote le devolvió la mirada durante unos segundos. Luego siguió su rumbo.

Tal vez no eran malos. Tal vez solo parecían peligrosos. Como él.

Vaya estigma les habían colocado a los pobres coyotes.

Con el tiempo, comenzó a disfrutar sus apariciones. Le gustaba sentir que lo acompañaban. Incluso los saludaba con la mirada.

Lo disfrutaba, sí.

Pero no sonreía.

Mateo no sonreía hacía mucho tiempo.

Cruzó el puente que separaba la zona de los tráileres del área del resort. Al fondo, a unos quinientos metros —quizá un poco más— se alzaba un edificio grande, de madera. Era el principal.

En el primer piso funcionaba la tienda de alquiler de equipos; en el segundo, un restaurante amplio con un bar. Estilo rústico, típico de la sierra de California. Todo era madera. Y esa madera, con toda seguridad, provenía de los árboles que tanto admiraba.

Ya no tan estoicos.

Ya no tan libres.

A un lado del edificio había un estacionamiento para visitantes. Cruzando el parqueo, un hotel de tamaño mediano para quienes deseaban quedarse más días en la montaña.

En los alrededores, algunos puestos de comida rápida: helados, hamburguesas, gaseosas. Nada especial.

Todos los edificios daban la cara a la montaña. Esa montaña.

La única capaz de impresionar a Mateo más que los árboles.

Era inmensa. Hermosa. Inmóvil. Llena de autoridad. Como si supiera que estaba allí desde antes de todo.

Los visitantes subían a través de los elevadores de sillas. Desde la cima, se veía el lago. Un lago congelado.

En verano, ese lago le robaba protagonismo a la montaña. Y que gracias a él, el pueblo llevaba el nombre de Lakeshore.

Tan solo un puñado de cabañas dispersas entre el bosque. También se encontraba el Great Moose, el único bar.

Testigo de historias compartidas en un lugar detenido en el tiempo.

Si viajáramos cincuenta años atrás, todo seguiría allí. Las mismas cabañas. El mismo bar. El lago. La montaña. Los árboles.

Solo cambiarían los habitantes.

Pero hablarían igual.

Y quizá sentirían lo mismo.

Vivir en un pueblo así, en 1995, era una rareza.

Y, al mismo tiempo, un privilegio.

Mateo ya estaba cerca del edificio principal, pero no iba hacia allí. Su destino era otro: la oficina administrativa, en el primer piso del hotel. Por alguna razón, aún no se había presentado ante sus empleadores. Debería haberlo hecho hace una semana. Durante siete días había repetido el mismo recorrido, pasando de largo, como si no lo viera. No era timidez. Era desinterés.

Un rechazo frontal a cualquier tipo de responsabilidad. A rendir cuentas. A servir a alguien.

No había venido a buscar nada. Solo a escapar. Y en esa huida sin rumbo, había caído en ese limbo, donde a veces la vida nos arroja sin preguntar. Un purgatorio silencioso y demasiado real. A mediados de sus veintes, cuando uno tiene más preguntas que respuestas.

Había llegado hasta allí gracias a Natalia. O por culpa de ella. No lo tenía claro. Llevaban cinco años juntos. Se habían conocido en la universidad. Natalia se había quedado en el tráiler. Empezaba a trabajar al mediodía como mesera en el restaurante. A diferencia de él, ella sí se presentó desde el primer día. Abrazaba esta nueva experiencia. Ella sí se amaba.

Pero amaba más a Mateo que a sí misma.

Era capaz de hacer cualquier cosa por él. Incluso alejarse seis mil kilómetros de su familia, que tanto adoraba. Incluso pausar su último año de Derecho, carrera que soñaba terminar. Quería ser abogada. La mejor.

Pero Mateo iba primero.

Quería verlo sonreír otra vez. Ella sí lo había conocido con una sonrisa. Y estaba decidida a devolvérsela. Natalia era linda. Pero lo que más la embellecía era esa sonrisa, natural, que le curvaba el rostro sin esfuerzo. Tenía el pelo lacio, color marrón, y unos ojos caramelo que no sabían mentir. Esa mirada que nace con uno. No se aprende. No se finge.

Pero lo que más le gustaba a Mateo era ese gesto pequeño: cuando el mechón rebelde caía sobre su cara y ella, con una mano, se lo acomodaba con delicadeza. Sonreía apenas al hacerlo. Ese mechón parecía un error de peinado, pero, en realidad, era perfecto.

Mateo se detuvo unos minutos frente a la puerta principal. Luego entró. Se sintió fuera de lugar. Como un intruso. Aunque, en realidad, nadie pareció notar su presencia.

Se acercó al primer mostrador que vio.

—¿Dónde puedo encontrar a Bruce? —preguntó.

Tenía el nombre anotado en un papel arrugado, escrito con lapicero. No sabía quién era exactamente, solo que era la persona que debía explicarle cuál sería su puesto de trabajo y qué debía hacer. Un empleo al que había postulado desde Lima, a través de un programa para extranjeros.

Aún no entendía por qué lo habían aceptado.

La mujer del mostrador lo miró. Sin decir más, gritó con una voz demasiado grave para su cuerpo delgado:

—¡Bruce!

Y Bruce apareció. Pantalón de nieve, chaleco lleno de bolsillos, barba canosa que lo hacía parecer mayor. Era el administrador de la tienda de alquiler de equipos.

—Este chico te está buscando. No sé para qué —añadió ella, sin mucha ceremonia.

Bruce lo miró sin detenerse.

—Dime, muchacho. Pero rápido, que hoy tenemos mucha gente.

Lo dijo con amabilidad, sí, pero también con prisa.

Mateo respondió en un inglés pausado, claro, con acento.

—Acabo de llegar. Vengo por el trabajo. Me dijeron que lo buscara a usted.

Bruce suspiró.

—¿Cómo te llamas?

—Mateo Riva.

—Ah, sí. El que faltaba. Ya te había dado por perdido.

Consultó una lista.

—Aquí dice que estás asignado a la tienda de esquí. Dime, ¿sabes ajustar botas y esquís?

—No. En realidad, nunca he esquiado.

La cara de Bruce fue un gesto compuesto: mezcla de risa, sorpresa y fastidio.

—¿Y qué diablos haces aquí? ¿No tienen cordilleras en Perú? ¿Una de las mejores del mundo?

—Sí, pero son tan altas que, antes de llegar a la nieve, mucha gente se siente mal. Por eso no es tan común esquiar.

—¡Increíble…! —dijo Bruce con media sonrisa burlona—. Bueno, muchacho, entonces no puedes trabajar acá. ¿Cómo vas a asesorar a los clientes si nunca usaste unos esquís?

Se dio media vuelta. Sin decir más.

Mateo se quedó de pie, desconcertado. En silencio, esperando… algo. No sabía qué.

Bruce se detuvo. Se giró.

—¿Sigues ahí? Déjame ver qué hago contigo. Al menos tu inglés está bien. —Revisó su lista otra vez—. Solo tengo una opción para ti. Hay una vacante con el viejo Milan.

De pronto, varias cabezas se giraron. Algunos trabajadores rieron por lo bajo. Otros fruncieron el ceño.

Bruce continuó:

—Alguien tiene que ayudarlo. Se lo ve cansado últimamente. No le vendría mal una mano. ¿Eres bueno con las herramientas?

—Sí, señor. Trabajé en un taller de muebles.

—Bueno, eso bastará. Toma esta nota y llévasela a Milan. Su taller está por aquel sendero. Detrás de esos árboles. Dile que yo te envié.

Mateo tomó la nota y se dirigió hacia la salida del edificio.

—Si sobrevives una semana con ese viejo, habrás batido un récord. Yo aposté que no pasas de cinco —le dijo uno de los empleados con una sonrisa torcida.

Luego agregó:

—¡Ojalá me equivoque!

Mateo no respondió. Lo miró unos segundos y cruzó la puerta. Las palabras del trabajador seguían rebotando en su cabeza, pero no tenía espacio mental para interpretarlas. Solo caminó.

Fuera, la nieve le crujió bajo los pies. Se detuvo. Desorientado. En los siete días que había evitado presentarse, había imaginado muchas cosas. Cien escenarios distintos. Pero no este.

¡Maldita sea la hora en que decidió entrar!

¿Quién era el viejo Milan?

¿Qué tendría que hacer en ese taller?

¿Qué demonios hacía en California?

No había respuestas. Solo instrucciones. Y lo único que quedaba era poner un pie delante del otro.

Caminó por un sendero que nacía detrás del edificio principal. Al final, una estructura de madera, pequeña, de un solo piso. Debía de ser el taller.

Se acercó. Iba a tocar la puerta, pero se detuvo.

Dentro, se escuchaban golpes secos. Luego, un quejido leve. Se quedó ahí. Mirando. Sin moverse.

Levantó la mano, dudó.

—¿Quién está ahí? —dijo una voz áspera desde dentro.

Era la voz de un hombre viejo. Cansado. Amargado.

No había dudas. Era Milan.

—Señor Milan, soy Mateo. Bruce me mandó con usted.

—No estoy para nadie. Dile a Bruce que me deje en paz.

—Vengo por el trabajo. Como ayudante en el taller. Quizá pueda darle una mano.

—No necesito a nadie, ya te dije. Da la media vuelta, muchacho. Regresa por donde viniste.

Pero Mateo no tenía adónde regresar. Tampoco ideas. Solo se quedó allí, mirando esa puerta de madera verde oscuro.

Un verde que le recordó al mar de Lima.

Y así se quedó. Como si ese fuera el fin del camino.

Del otro lado, Milan seguía en silencio. Pero en el fondo, sabía que sí necesitaba ayuda; era temporada alta, el trabajo se acumulaba. Las fuerzas ya no eran las mismas. El cuerpo lo sabía. Y él también. Cada invierno dejaba una huella. Y este... lo había encontrado más cansado. Pero no quería más gente en su vida; eso era lo último que deseaba. Irónicamente, esa era la única cosa que lo unía con el muchacho del otro lado de la puerta. Los separaba más de medio siglo. Pero en el fondo, eran lo mismo.

Pasaron algunos minutos.

Mateo seguía inmóvil. Luego se dio vuelta, miró el sendero por donde había llegado.

Bajó los primeros escalones del porche.

Antes de pisar el último, escuchó el giro de la manija. No se volvió.

La puerta se abrió.

—¿Cómo te llamas?

—Mateo.

—Pasa, muchacho. Empieza recogiendo esas herramientas que se me cayeron —dijo Milan, dándose la vuelta sin mirarlo.

Fue a sentarse en un sillón de tapiz guinda, gastado, que tal vez alguna vez fue rojo.

Mateo entró. Observó el lugar. Era un ambiente amplio. Una mesa de trabajo de madera ocupaba el centro; encima, herramientas dispersas. Bastones, botas, esquís a medio reparar. Contra las paredes, muebles viejos con más herramientas. El piso, arañado y cubierto de polvo.

Pese a ser de día, una lámpara encendida colgaba del techo. Era necesaria; todas las cortinas estaban cerradas. Morado oscuro. Solo una ventana dejaba pasar algo de luz.

Al fondo, otra habitación. Una cocina pequeña. Mesa. Una sola silla. Ahí debía comer Milan. Y, al parecer, también dormía.

Mateo alcanzó a ver una puerta cerrada; el dormitorio, probablemente. Entendió, sin que nadie se lo dijera: Milan vivía y trabajaba allí.

Giró hacia la sala principal. Milan estaba en el sillón. No se movía. Fijaba los ojos al vacío.

Y en ese lugar oscuro, antiguo, desordenado, Mateo se sintió como en casa.

—Señor Milan, ¿en qué más puedo ayudar?

—No me digas «señor». Me recuerda lo viejo que estoy. Solo dime Milan.

—Está bien. Milan.

Mientras hablaban, Mateo empezó a notar el acento. No era local, pero tampoco extranjero reciente. Milan llevaba años en Estados Unidos. Muchos.

—Hoy solo ordenarás. Coloca los esquís en el colgador, por tamaño. Y las botas, en esa estantería.

Mateo siguió las indicaciones mientras Milan encendía un cigarrillo. Apoyó la cabeza contra el respaldo, la mirada fija en el techo. Como si estuviera recordando algo que ya no quería recordar.

Mateo lo observaba de reojo mientras ordenaba el taller. Hacía mucho que nadie captaba realmente su atención. No sabía qué era. Solo quería saber qué recordaba ese hombre viejo. Solo eso.

Tenía los ojos cansados. Pero no vacíos. Había algo en ellos, algo distinto. ¿Así se vería él con los años? ¿Así se veía ya?

Por un instante, se sintió comprendido. Y Milan ni siquiera lo había mirado. Ni le había dicho nada que explicara esa conexión.

Pero a veces basta un gesto, un silencio. La forma en que alguien respira, calla, mira. Y uno lo entiende todo. Claro que no era comprensión, solo identificación.

Proyección.

Quizá se veía así. Y eso era lo más triste.

Aun así, había algo sereno en estar cerca de Milan. Sin razones. Y sin palabras.

Y Milan también estaba tranquilo. Tenía a alguien que hacía su trabajo mientras él fumaba y se perdía en lo que fuera que estuviera pensando.

Mateo pasó todo el día ordenando y limpiando. Hasta la cocina. Casi no hablaron.

En algún momento notó la hora.

—Milan, se me pasó el día sin darme cuenta. Supongo que ya es hora de irme.

Milan recorrió el taller con la mirada. Se detuvo en cada rincón. Estaba limpio. Ordenado. El aire parecía menos denso.

—Buen trabajo, muchacho. ¿Cómo te llamabas?

—Mateo.

—Ah, sí. Mateo. ¿Mañana vienes?

—Sí. Me asignaron contigo toda la temporada.

—Ah… OK.

No sabía si eso era bueno o malo.

Qué problema tener que conocer a alguien nuevo.

—Bueno… nos vemos mañana. Cierra la puerta cuando salgas.

Mateo salió sin entender del todo qué había pasado ese día. Pero sabía que había sido distinto. Y que Milan también lo era.

«¿Qué pensaba mientras fumaba?, ¿qué recuerdos lo habitaban?», se lo preguntaba mientras caminaba de regreso al tráiler.

El cielo comenzaba a teñirse de morado. La montaña, de naranja. El riachuelo se volvía negro. Y la luna, blanca y enorme, parecía estar más cerca que nunca.

A unos metros, ya divisaba el tráiler. La noche traía un frío más cortante. Pero esos últimos pasos se sentían distintos. Era la sensación de volver a casa. Un refugio. Del frío. Y del mundo.

El tráiler era un contenedor industrial adaptado a vivienda. Reposaba sobre una base con ruedas. En algún momento, un camión lo había traído desde lejos; y en algún momento, otro lo volvería a llevar.

Mientras tanto, ese contenedor con alma de tránsito era el hogar de Mateo. Con todo lo que la palabra hogar significa.

Abrió la puerta. Entró. Encendió la luz y la calefacción.

Se preparó una sopa de supermercado. Prehecha. La tomó sin hambre.

Y esperó.

★★★★★

Natalia salía tarde de su turno. Venía agotada de tomar pedidos, llevar platos, recogerlos. La cocina era intensa, y las conversaciones con los clientes, casi siempre triviales. Pero nunca perdía la sonrisa. La suya era dulce, de esas que no se borran. Los clientes sonreían al verla. La gente, en general, también. Natalia tenía eso. Una luz que no hacía ruido. Llenaba los espacios, sin notarlo.

Cada tanto, en ciertos lugares, aparece alguien así. Todos lo hemos visto alguna vez. Y todos sentimos, por un segundo, que queremos algo de su paz. Ella era así. Y ni siquiera lo sabía. Porque las personas nobles nunca saben el poder que tienen sobre los demás. Esa es su mayor virtud. Y su condena.

Había hecho amistad con varios compañeros en pocos días. Le salía natural. La acompañaban siempre de regreso. A Mateo no le interesaba conocerlos, pero le tranquilizaba que no regresara sola.

Se despidió de sus amigos, entró al tráiler, lo saludó con un beso. Se sentó a su lado, jugueteando con un mechón de su pelo.

—¿Cómo te fue hoy, amor? —preguntó con esa ternura suya, siempre más intensa cuando se dirigía a él.

—Bien.

—¿Solo bien? ¿Conociste a tu jefe? ¿Ya sabes en qué vas a trabajar?

—Sí. Estaré en el taller de reparación de esquís.

—¡Qué bien! A ti te encanta trabajar con herramientas. ¡Seguro lo disfrutarás! —dijo con entusiasmo, aunque en el fondo habría preferido que trabajara en la tienda. Interactuar con otros podía hacerle bien.

Pero que hubiera empezado ya era motivo suficiente para sonreír.

—Sí… bueno, creo que está bien —dijo Mateo, sin ganas.

—¿Y conociste a alguien interesante? ¡Cuéntame tu primer día!

—No. Nadie interesante.

No quiso hablarle de Milan. No aún. No por desconfianza, sino porque aún no sabía quién era ese viejo, y porque sabía que vendría una lluvia de preguntas. Y odiaba los cuestionarios.

—Bueno, seguro irás conociendo más gente. Mañana hay una reunión con mis amigos del restaurante. Me encantaría que vinieras.

—No tengo ganas. Pero anda tú. Diviértete —lo dijo con sinceridad. Quería que Natalia tuviera algo de la alegría que él no podía darle. Y eso lo sabía muy bien.

—OK, amor. Estoy cansada. Me voy a dormir. Tú también deberías; mañana es tu segundo día. ¡Estoy muy feliz de que hayas empezado! —le dijo, dándole un beso en la frente.

—Sí. Voy en unos minutos.

Ella se puso de pie con lentitud. Caminó hasta la habitación. Mateo apagó la luz del ambiente principal y se quedó un momento en silencio, como si el cuerpo no quisiera seguirla.

Natalia se alistó para dormir. Apenas se metió en la cama, cayó en un sueño profundo. El agotamiento puso punto final a ese buen día. Durmió durante horas, hasta que un sobresalto la despertó de madrugada. Al voltear hacia el otro lado, notó que Mateo no estaba junto a ella. Lo llamó en voz baja. No hubo respuesta.

Pensó que se habría quedado dormido en el sillón. Se levantó y, al ver el espacio vacío en la sala, la inquietud le recorrió el cuerpo. Lo buscó en el baño. Nada. Entonces, una brisa helada la rozó: venía de la sala. La puerta estaba entreabierta. La preocupación se transformó en miedo. Algo no andaba bien. Mateo no estaba, y eso era todo lo que sabía.

Se puso un abrigo sobre el pijama y salió al exterior. Apenas cruzó la puerta del tráiler, la envolvió un aire helado que le mordió la piel. El silencio era tan profundo que se escuchaba el leve crujir de la nieve bajo sus pasos. Cada sonido, por mínimo que fuera, parecía amplificado por la quietud de la madrugada.

A unos pocos metros, lo vio; estaba sentado sobre la nieve, apoyado en un árbol. Reconoció su silueta. Era él. No había duda.

Se acercó en silencio. Natalia se dejó caer junto a él y lo abrazó. Mateo, inmóvil, con los ojos fijos en un punto indefinido, murmuró:

—No hay sentido… ya nada tiene sentido. —Su voz era apenas un susurro, como si se hablara a sí mismo sin querer ser oído.

—Sí lo hay, Mateo. Estamos juntos. Claro que hay sentido. —Le besó la cabeza y lo abrazó con fuerza, como si pudiera contenerlo todo en ese gesto.

—Extraño mucho a Nicolás… ¡demasiado! —se quebró y lloró sobre el hombro de Natalia. Ella lo rodeó con los brazos, queriendo traspasarle todo el amor posible.

Mateo lloraba por su hermano muerto; Natalia, por la tristeza de Mateo.

★★★★★

Hacía casi un año que Nicolás había fallecido. Toda muerte duele, pero cuando ocurre sin explicación, deja un vacío más difícil de llenar.

Lo único que se sabía era que había muerto tras una pelea. Fue a la salida de un bar, al que había ido con algunos amigos de la universidad. Lo más desconcertante para Mateo era la falta de detalles.

Nicolás se había despedido de sus amigos, dispuesto a volver a casa. Le gustaba caminar un poco antes de tomar un taxi.

Cuando dos de ellos salieron minutos después, vieron, a un par de cuadras, un grupo de personas formando un círculo en medio de la calle. Todos miraban hacia el suelo. La escena estaba teñida por la luz roja giratoria del único patrullero en el lugar.

El horror fue inmediato. El cuerpo que yacía en la vereda, inmóvil, era el de Nicolás.

Los amigos se abrieron paso entre la multitud. Intentaron reanimarlo, pero fue en vano. Un policía se acercó, les puso una mano en el hombro a cada uno y, con una serenidad desconcertante, les dijo:

—Lo siento, muchachos. Ya lo intentamos. Está muerto.

Con esas palabras, firmes y frías, quedó sellado el final de la vida de Nicolás.

No era solo el hermano mayor de Mateo. Era su único hermano. Su mejor amigo. Su modelo a seguir.

Desde la desaparición del padre —que no había muerto, sino que un día simplemente se fue y no regresó—, Nicolás había ocupado un lugar que nadie le pidió, pero que él asumió con entereza. Fue el sostén de la casa.

Por eso Mateo lo admiraba. Por eso, ahora, no sabía cómo continuar sin él.

Y con el dolor venía la tormenta de preguntas. ¿Por qué pasó? ¿Quién lo mató? ¿Por qué se peleó, si nunca lo hacía? Si fueron ladrones, ¿por qué aún tenía todas sus cosas?

Y siempre, como un lazo que aprieta la garganta, llegaba la más cruel de todas: «Si yo hubiera estado con él, ¿habría podido evitarlo?».

Esa es la trampa perversa del duelo: cuando uno se entromete en retrospección donde el destino no lo invitó y termina siendo juez y verdugo de su propia cordura, en busca de una explicación que no existe.

Lo único certero era esto: Nicolás tenía un golpe en la cabeza; estaba muerto. Y ese día, Mateo perdió a su hermano, a su amigo, a su héroe.

★★★★★

Natalia lo consoló en silencio. Ella también lo extrañaba. También había querido a Nicolás, y sabía todo lo que él había hecho por Mateo. Fue ella quien propuso el viaje a California, con la esperanza de que la distancia aliviara un poco el peso del recuerdo. Tal vez, un lugar nuevo, rodeado de belleza, pudiera ofrecerle otra forma de respirar.

Esa madrugada lo ayudó a entrar al tráiler, lo abrigó, le preparó una infusión caliente y lo acompañó en la cama. Se quedaron dormidos, rendidos por la tristeza.

II

Mateo recorrió el mismo camino del día anterior hasta el taller de Milan. Tocó la puerta y notó que estaba entreabierta. La empujó con suavidad y se sorprendió al verlo trabajando con energía, volcado sobre la mesa. Estaba concentrado en la reparación de unos esquís.

Le tomó unos segundos asimilar que era el mismo hombre que, un día antes, parecía fundido en el sillón, con la mirada perdida y sin intención de moverse.

—¡Ahí estás, muchacho! Llegas tarde. Toma ese destornillador y empieza a desmontar las fijaciones de esos esquís —dijo Milan, sin levantar demasiado la vista, con la misma voz del día anterior, pero un tono distinto, animado, casi entusiasta.

Era evidente que lo que tenía frente a él le devolvía algo que, tal vez, ni él mismo había notado haber perdido.

Mateo no respondió. Tomó la herramienta, aún sorprendido por el cambio, y se puso a trabajar con la intención de igualar esa energía inesperada. Pasaron toda la mañana en silencio, ocupados en una pila de equipos que se había acumulado durante los días previos. Milan no había avanzado mucho por su cuenta, pero esa mañana el taller se llenó de otra cadencia. Mateo no solo obedecía instrucciones: trataba de hacerlo bien, de hacerlo rápido, como si la precisión fuera una forma de merecer su lugar allí. Era bueno con las manos y aprendía con facilidad. Siempre había sido así; en el colegio, sus maestros le repetían que era inteligente, pero que desperdiciaba su potencial.

Aprendía rápido, pero evitaba las clases. A veces se escondía para no asistir, inventaba excusas que ni él mismo se creía. Aquello ya le había costado advertencias y cartas que nunca llegaron a su destino.

Su padre no estaba. Y su madre, aunque presente, hacía tiempo que no leía nada. La depresión la había vuelto ausente, aunque se esforzaba por mantener un mínimo orden: que fueran al colegio, que cumplieran sus tareas, que no dijeran malas palabras. Trató de ser la mejor madre posible hasta donde su depresión se lo permitía.

Hasta que un día, cuando Mateo y Nicolás entraban a la adolescencia, su madre, sin previo aviso, apareció con un hombre. Bastante mayor. Reservado. Los miraba poco y hablaba menos. No les agradó. Ni al principio ni después. El señor los miraba pocas veces a los ojos, casi como esperando que crezcan rápido para que se vayan de su casa, pero él les ofreció una vida más estable. Dejaron la vieja casa —aquella que aún contenía algunos recuerdos felices, y muchos otros marcados por la ausencia, adornada, al final, solo por rumas de cartas de bancos, que indicaban las innumerables deudas que los perseguían— y se mudaron a un lugar más grande, amplio en comodidades y reducido en afecto. Crecieron con el estómago lleno y el corazón cada vez más vacío.

A pesar de todo, una mañana escucharon a su madre reír. Fue como si volviera a la vida. Ese sonido que creían perdido llenó la casa. Y entonces entendieron. Quizá ella necesitaba más que ellos la presencia de ese hombre, aunque eso significara que estuviera un poco más lejos de ellos.

Mateo y Nicolás, ante ese nuevo mapa afectivo, se hicieron más cercanos que nunca. La complicidad entre hermanos se convirtió en refugio, en territorio compartido.

Y en medio de ese nuevo orden, Mateo empezó a buscar respuestas por su cuenta. Las encontró una tarde, en unas cajas olvidadas que habían pertenecido a su padre. Allí estaban sus libros: ciencia, historia, física, astronomía. Cuadernos con ecuaciones y anotaciones manuscritas. También cartas. Muchas cartas. Todas dirigidas a una mujer que no era su madre.

En esas páginas, el tono era íntimo. Casi confesional. Su padre hablaba de viajes, de sueños truncos, de una vida que no lo satisfacía. Narraba exploraciones en la sierra, detallaba lecturas, compartía su frustración por no haber conocido el mundo más allá de los libros.

Mateo leyó todo sin parar. No dijo nada a nadie. Ni siquiera a Nicolás. Las cartas se convirtieron en un secreto compartido solo consigo mismo. Allí descubrió algo esencial: el vínculo con su padre no estaba en lo que hicieron juntos —porque no lo hubo—, sino en lo que ambos buscaban. Ese amor por la ciencia, por lo inabarcable, por la observación.

Esa fue su herencia silenciosa. No hecha de abrazos, sino de lecturas; no de palabras, sino de afinidades invisibles. Esa fue su única conexión con él, aunque impersonal y atemporal, porque nunca más volvería a verlo desde el día que desapareció.

A partir de entonces, la fe que antes había alimentado con rezos automáticos empezó a diluirse. Dios, que tantas veces le había sido presentado como respuesta, ahora era una figura lejana. Exigía fe, pero Mateo ya no la tenía. La ciencia, en cambio, le ofrecía otra clase de certeza. Una certeza impersonal, pero sólida.

Y quizá por eso, mientras trabajaba en el taller, manipulando herramientas y metales, esas ideas volvían a su cabeza. El gesto de Milan, su forma de concentrarse, le resultaba familiar. No sabía por qué. No lo conocía, pero no necesitaba conocerlo para sentirse cómodo allí.

Aquel lugar, tan simple y desordenado, era en ese momento todo lo que necesitaba.

Milan ya empezaba a sentir el cansancio. Salió de su concentración, se dirigió a la cocina, se sirvió un vaso de agua y se sentó en la única silla del comedor. Habían pasado varias horas trabajando sin parar, y también sin hablar.

—¿Mateo era tu nombre? —preguntó.

—Sí, Mateo —respondió él, sin levantar la vista ni detener el movimiento de sus manos sobre los esquís.

—Debes encerarlos de forma pareja. Estás haciéndolo mal. ¡Parece que es la primera vez que lo haces!

—Es la segunda. Ayer fue la primera —dijo Mateo en voz baja, con sinceridad y algo de duda. No sabía si debía haberlo dicho.

—¡¿Qué dices?! Vaya muchacho engreído que nunca ha encerado sus esquís. Y dime, ¿qué tipo de esquís usas?

—No lo sé. Nunca he esquiado.

Milan lo miró con sorpresa y luego soltó una carcajada ronca, de esas que raspan.

—¡Ah, vaya, vaya! Tú sí que me estás haciendo volar. ¡Mira que ya no esperaba nada a estas alturas de mi vida, y me mandan un ayudante que no sabe nada de esquís y nunca ha esquiado!

Mateo no respondió. Tampoco se rio. Siguió con su tarea, concentrado, haciendo lo mejor que podía sin saber exactamente lo que hacía.

—¿Qué piensas, muchacho? —preguntó Milan, sin borrar la sonrisa ni quitarle los ojos de encima.

—Espero que no me bote. Me dijeron que este es el único trabajo que puedo hacer aquí.

—¡Ah! ¡Vienes y te presentas a trabajar como ayudante de un viejo loco como yo, y temes que te bote! ¿Cómo voy a botarte? Estás tan loco como yo. Y eso me interesa.

Volvió a reír con fuerza. A Mateo le costaba seguirle el ritmo. Entendía las palabras, pero no terminaba de comprender la situación. Las carcajadas del viejo lo ponían nervioso. También ese acento extraño que aún no lograba identificar.

—Bueno, bueno… ¿y de dónde vienen los reparadores de esquí que no esquían?

—Soy de Perú.

Milan dejó de reír de golpe.

—Ah, mira… No dejas de sorprenderme. Y eso que he visto muchas cosas en esta vida. Me enseñaron sobre Perú cuando era pequeño, en el colegio… Perú, Perú… —Se quedó colgado en esa palabra. Ya no sonreía. Había algo en el sonido de esas sílabas que lo había llevado muy lejos.

Mateo lo observó en silencio. Nunca iniciaba las conversaciones; solo respondía. Si Milan callaba, él también callaba.

Pero esta vez fue distinto.

—¿Tú de dónde eres? —preguntó, rompiendo por primera vez su propio guion.

Milan lo miró con atención. No parecía sorprendido.

—Te he visto, muchacho. Te veo incluso cuando no te estoy mirando. Sé que tienes algo que contar. Te diré quién soy cuando tú me digas quién eres. Soy viejo, he visto más de lo que tú verás en toda tu vida. Ojalá sea así. Los años me han enseñado a leer miradas, y la tuya ya la he visto antes. La he visto en mi propio espejo.

Mateo se quedó helado. Sintió que lo habían descifrado. Se sintió expuesto, pero también comprendido. Por primera vez, de verdad. Al menos, eso parecía.

Sin embargo, no estaba listo para más preguntas, porque tampoco tenía más respuestas.

—Veo que se nos ha hecho tarde. Debo irme —dijo, buscando cerrar la escena.

—Te veo mañana, Mateo. No faltes. Tenemos mucho trabajo que terminar. Hoy lo hiciste mejor que ayer. Mañana lo harás mejor que hoy —respondió Milan, mientras se abandonaba al respaldo de su sillón y encendía un cigarrillo, con la lentitud de quien enciende un recuerdo.

Mateo guardó las herramientas, ordenó los esquís y se puso el abrigo. Salió al frío con una sensación distinta. Cada vez le gustaba más esa sensación helada. Era un frío que abrazaba. Le sabía a algo nuevo y, al mismo tiempo, a algo suyo.

El camino de regreso lo recorrió sin apuro, procurando no cruzarse con nadie. Volvió a mirar el paisaje: los árboles, la montaña, la nieve, el cielo. Los sonidos de la naturaleza. Le seguía pareciendo irreal y, a la vez, cada día más familiar. Por momentos, sentía que siempre había pertenecido a ese lugar. Que ese entorno lo había estado esperando.

También pensaba en Milan. En lo que no dijo. En lo que no preguntó. En todo lo que se quedó flotando entre ellos. Había escapado de hablar de su pasado, pero también había huido de la oportunidad de conocer el pasado de ese hombre que, de alguna forma, lo obligaba a volver.

Llegó al tráiler con una sensación distinta. Se sentía mejor que el día anterior. No solía interesarse por muchas personas, pero Milan le provocaba algo parecido a la curiosidad. Había en él una especie de espejo roto que quería mirar con más detalle.

Se quitó el abrigo, lo dejó sobre el sillón y abrió el refrigerador. Lo de siempre: los mismos enrollados insípidos del supermercado, que sin salsa eran incomestibles. Ese era el recordatorio: las raíces solo se echan una vez. Uno puede vivir en cualquier parte, adaptarse a otras culturas, pero la comida de casa siempre se extraña.

Decidió preparar unos tallarines. Los coronó con una salsa enlatada que de tomate tenía poco y de industria tenía mucho. Pero comió. Porque se aprende a comer lo que hay. Uno extraña, sí. Pero el presente es el que es.

Mateo, apenas llegaba al tráiler, ponía uno de sus casetes en el equipo de música. Lo hacía mientras comía, y luego se recostaba en el sillón, dejando que la música lo envolviera hasta que Natalia regresara.

A pesar de su mente analítica, formada por la ciencia, por la búsqueda de certezas, por la lógica inflexible de las causas y consecuencias, la música era su único escape. Ahí donde las palabras no alcanzaban y las ecuaciones no sabían consolar, llegaba ella para llenarlo todo. Para decir lo que no podía decirse.

Y aunque Mateo era de los que pasaban horas sumergidos en libros de física o astronomía, no había sido un niño encerrado.

Creció en Lima, caminando por la ciudad, mirando a su gente, respirando el ritmo cambiante de sus calles. En su juventud solía volver a Barranco, el distrito donde nació y donde pasó los primeros años antes de mudarse con su madre a la casa de su nueva pareja. Volvía como quien regresa a una parte intacta de sí mismo.

Barranco seguía siendo ese pequeño oasis en medio de una ciudad caótica; un lugar que resistía, con sus casonas centenarias de madera, sus balcones, sus escaleras, sus muros que parecían guardar secretos antiguos. Le gustaba imaginar cómo serían las personas que vivieron allí a principios de siglo, las ropas que usarían, los sonidos que acompañaban sus días, los pasos de los caballos cruzando la alameda Sáenz Peña, esa que desemboca en un mirador donde el océano se despliega como una pintura viva.

Y justo ahí, cada atardecer, el sol naranja se hunde en el horizonte como si se rindiera ante la inmensidad del mar, y el cielo se transforma en una paleta impresionista que nadie parece mirar del todo, pero todos reciben. En Lima, ese regalo cósmico, que es cotidiano, pero también sagrado, no es otra cosa que la ceremonia que se celebra diariamente para recordarnos su matrimonio eterno con el mar.

Esa noche, Mateo descansaba en el sillón, inmóvil, escuchando música con los ojos entrecerrados. La música era su templo secreto. Por eso siempre era el primer gesto al llegar. Pero algo interrumpió el ritual. La puerta del tráiler se abrió con el chirrido metálico de unas bisagras vencidas.

—¡Hola, amor! —saludó Natalia con su sonrisa limpia, esa que parecía salir directamente del alma—. ¿Cómo te fue hoy? ¿Mejor?

—Sí, mejor. Estoy aprendiendo cada vez más sobre esquís.

—¡Qué bueno! ¡Me alegra mucho! —dijo, mientras abría el refrigerador.

—Preparé tallarines. No están muy buenos, pero es mejor que cualquier cosa que haya ahí dentro.

—¡Qué rico! ¡Tus tallarines son los mejores! —respondió con dulzura, sabiendo que no era del todo cierto, pero feliz de decirlo solo para verlo sonreír.

Mateo respondió con una mueca cómplice. Natalia lo miró con ternura.

—Hace casi dos semanas que no sales. Podríamos ir hoy. Te extraño cuando no estás conmigo. Te prometo que volvemos cuando tú quieras —le dijo mientras le acariciaba el cuello con suavidad.

Mateo no se sentía preparado para el bullicio. Los extraños, las conversaciones vacías, el esfuerzo social. Pero sabía que le debía algo. Que Natalia merecía más de lo que él podía darle, y que cada vez que se quedaba solo, la arrastraba un poco más hacia su sombra. Le pesaba esa culpa, lo hería.

Asintió con la cabeza. Natalia sonrió. Lo besó y fue a prepararse sin decir nada más.

★★★★★

Llegaron al Great Moose, el bar más emblemático de Lakeshore. Estaba construido completamente de madera, con una barra larga que abarcaba casi toda la pared principal. Encima, los dispensadores de cerveza brillaban como artefactos sagrados, y detrás, las repisas se llenaban de botellas de *whisky* y *bourbon*.

En el centro de ese altar, la cabeza disecada de un alce dominaba la escena. Mateo la observó con asombro la primera vez; nunca había visto un animal así, ni vivo ni colgado en una pared.

El resto del bar estaba lleno de mesas también de madera, una gran estufa central repartía calor a los cuerpos helados de los clientes, y en las paredes colgaban fotos de los paisajes vecinos: lagos, montañas, senderos nevados. Era imposible olvidar dónde estaban.

También había un tablero de dardos y una mesa de billar. El lugar vibraba con historias. Historias que se contaban en voz alta, otras que se intercambiaban con una mirada. Historias que traía la gente como si fueran equipaje invisible.

Mateo caminaba despacio. Miraba todo. Lo invadía la certeza de estar en medio de un teatro humano que no lo reconocía. Pensaba que la humanidad entera se sostenía por esas historias que se contaban una y otra vez, que sin ellas no habría civilización. Así comenzaron los primeros hombres, así terminarían los últimos.

Y sin embargo, él no quería contar la suya. Ni escuchar la de los demás. Eso lo hacía sentirse menos humano. Pero ahí estaba, rodeado de gente, con Natalia a su lado, ella que era puro instinto social, puro afecto. Ella le prestaba humanidad cuando a él le faltaba.

Se acercaron a la barra. Natalia buscaba a sus amigos entre la multitud; Mateo solo intentaba no desentonar.

—Dos cervezas, por favor —pidió Mateo.

—Que sean tres —dijo una voz que no pertenecía a ese momento, pero que le resultó tan familiar que giró de inmediato. No podía creer lo que estaba viendo.

—¡Adrián! —exclamó, con un entusiasmo que desconcertó a Natalia y la dejó inmóvil por un instante. Los dos hombres se fundieron en un abrazo fraterno, intenso, de esos que recuperan años en segundos.

—¡Qué alegría verte, Mateo! Ya estaba esperando que esto ocurriera. Sabía que venías. Era solo cuestión de tiempo —dijo Adrián, con la misma emoción que irradiaba Mateo.

—No sabes cuánto me alegra. ¿Te acuerdas de Natalia? —preguntó, haciéndole espacio para que se saludaran.

—Claro que sí. Han pasado años, pero estás igual de linda —dijo Adrián con una sonrisa amplia, mientras Mateo no dejaba de sonreír.

—Gracias, Adrián. Tú tampoco has cambiado —respondió Natalia, intentando disimular la sorpresa de ver esa transformación en Mateo—. Al que has logrado cambiar es a Mateo, no lo veía sonreír así desde hace…

—Un año —dijo Adrián, completando la frase inconclusa de Natalia—. Lo sé. Pero hoy vamos a celebrar. Estas cervezas lo merecen.

Natalia observaba la escena con una mezcla de asombro y emoción. Por un momento sintió celos: llevaba un año intentando sacarle una sonrisa a Mateo, y en un instante Adrián lo había hecho reír con todo el cuerpo.

Pero el sentimiento se disipó pronto. En sus ojos comenzaron a acumularse lágrimas de gratitud, porque lo veía sonreír otra vez. Y eso era lo que más deseaba.

Ella conocía bien a Adrián. Lo había visto varias veces cuando vivían en Lima. Era el mejor amigo de Nicolás y, por eso, una figura constante en la vida de Mateo. Habían crecido juntos, jugando en las calles de Barranco.

Para Mateo, Nicolás siempre sería su héroe. Pero a Adrián lo admiraba por otras razones: por su seguridad inquebrantable, su rebeldía espontánea, su forma de desafiar el mundo, sin temor. A su lado, todo parecía menos complicado.

Una escena del colegio volvía con nitidez a su memoria. Él tenía once años; Nicolás y Adrián, trece. Afuera del colegio, tres alumnos de último grado acosaban a un niño más pequeño. Lo insultaban, lo empujaban. El niño quedó reducido al miedo; solo apretaba su mochila y miraba al suelo.

Adrián no dudó. Se adelantó sin decir palabra y se puso entre los bravucones y el chico. Les dijo que, si seguían, tendrían que vérselas con él. Ellos se rieron. Y luego vino la paliza. Rápida, brutal.

Pero Adrián no retrocedió. Aguantó lo que pudo, se limpió la sangre con la manga del uniforme y, ya de pie, le puso la mano en el hombro al niño asustado. Le dijo, con voz firme:

—Nunca más te van a molestar. Así son estos cobardes. No dejes que te aplasten; tienes más poder del que crees.

Y cumplió su promesa. Nadie volvió a molestarlo. Ese día se ganó el respeto de todos. Incluso el de quienes lo golpearon. Y en cuanto a Mateo, se ganó más que su respeto —eso ya lo tenía—, se ganó su admiración.

Adrián también venía de una familia rota. Como Nicolás. Como Mateo. Se habían criado más en la calle que en casa. Y mientras la calle enseña a ser valiente, en el hogar —cuando hay— se aprende a amar. Luego la vida nos enseña —de una manera u otra— que para amar hay que tener valor.

En una de las mesas del Great Moose, los tres conversaron y rieron como si no hubiera pasado el tiempo. Adrián contó que llevaba casi un año en California. Se había ido poco después de la muerte de Nicolás. Al principio fue duro, pero encontró trabajo como mesero en un restaurante en San Francisco. Allí conoció al dueño de una constructora, un cliente habitual, que vio en él ese brillo especial —algunos lo llamaban ambición— y le dio una oportunidad. Le fue bien. Ahora lideraba la construcción de un hotel a orillas del lago. Vivía en una cabaña, en el bosque, cerca del bar.

Mateo escuchaba con atención. No le sorprendía; siempre había creído que Adrián lograría lo que se propusiera. Sabía que estaba en San Francisco, pero jamás pensó que se lo cruzaría en Lakeshore. Ni siquiera lo había buscado. No quería reconectarse con su pasado. Pero ahora que lo tenía frente a él, tomándose una cerveza, sintiéndose en paz, entendía cuánto lo había necesitado. Y cuánto quería volver a verlo.

Natalia, al ver a sus amigos entrar, se disculpó con los dos y se acercó a saludarlos con abrazos y sonrisas.

Adrián siguió con la mirada su recorrido, luego volvió a mirar a Mateo.

—¿Cuánto llevan juntos? ¿Tres años?

—Casi cinco —respondió Mateo.

—Me alegra. Natalia es una gran chica.

—¿Y tú? ¿Estás con alguien?

—Sí. Se llama Sophia. Es de Los Ángeles. Llevamos un par de meses.

—Me encantaría conocerla.

—Entonces ven a casa el sábado. Con Natalia. Comemos algo, charlamos. Te la presento.

—Hecho. Ahí estaremos. ¿Dos meses? Veo que estás sentando cabeza, Adrián —dijo Mateo con una sonrisa burlona.

Adrián soltó una carcajada.

—Sabes cómo soy. Las relaciones largas no son lo mío. Estoy bien con Sophia, pero tengo mi forma de ver las cosas.

—Lo sé. Nunca te conocí una novia que durara dos veranos seguidos.

—La gente cree que el amor es estabilidad. Y la estabilidad arruina el enamoramiento. ¿Para qué arruinarlo?

—¿No es el amor el fin máximo de la vida?

—No, Mateo. El fin es la felicidad. El amor es solo un camino. La libertad es otro. Y para mí, es lo más importante. Las relaciones largas te enraízan, te pesan. Te llenan el alma, sí, pero también te roban ligereza. Yo no sé administrar cargas. Por eso la libertad es mi credo. —Bebió otro sorbo—. Ah, pero cómo quisiera ser como tú. Tener una Natalia. Aunque suene contradictorio, me alegra ver parejas que duran. Ese es el camino para muchos. Para mí, no. Soy de otro costal. Del costal fallido —concluyó, con una sonrisa melancólica. Luego se levantó—. Me tengo que ir. Pero el sábado los recojo yo. No voy a aguantar la espera.

Se despidieron con un abrazo. Mateo lo vio alejarse.

Adrián había pedido que le diera sus disculpas a Natalia. No quería atravesar el bullicio.

Mateo se quedó un rato más, bebiendo en silencio. Pensaba en sus palabras: «El amor es una carga». «Se opone a la libertad». «¿Acaso esa ligereza que busca Adrián también puede volverse una forma de peso?».

Entonces sintió los brazos de Natalia rodearlo por la espalda. Se volvió. Ella le preguntó por Adrián, y él le explicó que tuvo que irse y les había invitado a cenar el sábado.

—Vamos sin falta —dijo ella, feliz de ver en su rostro una expresión que no veía desde hacía tanto.

Cansados, y sabiendo que al día siguiente había trabajo, decidieron volver a casa. Se despidieron rápido de los amigos de Natalia. Era la primera vez que veían a Mateo. Les habría gustado conocerlo mejor. Él respondió con una sonrisa leve y un gesto discreto de la mano.

Afuera, estaba nevando. Natalia se aferró a su brazo. Los dos alzaron la vista al cielo. Sintieron los copos caerles en el rostro. Cerraron los ojos. Sonrieron.

Caminaron de vuelta al tráiler en silencio, pisando la nieve blanda. El río los acompañaba con su murmullo. Era una noche más del invierno en la sierra californiana. Pero para ellos, esa noche quedaría grabada como única.

★★★★★

El sol brillaba con fuerza aquella mañana. Había nevado toda la noche y eso significaba que la montaña estaría llena de esquiadores, ansiosos por deslizarse sobre la nieve fresca. Se avecinaba un día agitado en el resort.

Mateo recorrió el mismo sendero de siempre. Esta vez, volvió a cruzarse con un coyote; se miraron por un instante y caminaron en paralelo durante unos metros, hasta que el animal se perdió entre los árboles.

Tocó la puerta del taller y Milan, que ya lo esperaba, le abrió sin decir palabra. Se pusieron a trabajar de inmediato.

Mateo notó que Milan volvía a verse agotado. Sus movimientos eran más lentos, sus silencios más densos. Para compensar el ritmo, Mateo trabajó con más energía. No quería que el día se le escapara de las manos.

A media mañana, Milan dejó las herramientas y se recostó en su sillón. Encendió un cigarrillo y se quedó mirando a través de la única ventana con las cortinas abiertas. Desde allí podía ver los árboles desnudos, la montaña blanca, la luz invernal deslizándose como una caricia pálida sobre la nieve.

Mateo siguió en lo suyo, pero notaba que Milan había vuelto a sumirse en sus pensamientos.

Esta vez, no lo interrumpió. No hizo preguntas. Solo esperó.

—Mateo, alcánzame el frasco de pastillas y un vaso con agua —dijo Milan sin apartar la vista del paisaje.

Mateo obedeció. Milan tomó una de las pastillas, la tragó sin apuro y dejó el frasco sobre la pequeña mesa, junto al cenicero. Mateo lo observó con disimulo. Algo no estaba bien. No necesitaba saber exactamente qué era para sentirlo.

—¿A dónde crees que iremos después de la muerte? —preguntó Milan de pronto, como si hablara con el viento o consigo mismo.

La pregunta lo descolocó. Mateo se quedó callado, buscando en su cabeza palabras que aún no existían.

—No lo sé —respondió al fin—. De niño creía en el cielo. Hoy no tengo claro si hay algo más que esto. Hace un año dejé de creer en muchas cosas.

Milan asintió, sin dejar de fijar la vista en el paisaje.

—Es triste oír eso de alguien tan joven. Pero te entiendo. Yo tampoco estoy seguro de ese cielo del que nos hablaban. Aun así, me niego a creer que todo termina aquí. No puedo aceptar que no volveré a ver a Magda. Estoy seguro de que la volveré a encontrar. ¿Sabes por qué? Porque la siento conmigo. A veces percibo su aroma. O escucho su voz. O siento el peso de su cuerpo en su lado de la cama. Eso significa que nos estamos acercando. —Hizo una pausa, larga, como quien se permite respirar dentro del recuerdo—. En mis sueños vuelvo a verla echada junto a mí, bajo un roble en Praga. Era verano. Corría una brisa suave. Su cabeza descansaba sobre mi pecho. Ese día fui feliz, Mateo. Completamente feliz. Si hay un lugar después de esta vida, ojalá me lleve de nuevo a ese roble, con ella.

—Seguro así será —dijo Mateo, casi en un susurro—. ¿Magda era tu esposa?

—Lo fue. Murió hace algunos años. Estuvimos juntos más de cincuenta. Nunca tuvimos hijos, pero nos bastábamos el uno al otro. Nos casamos apenas terminó la guerra. Una noche buscamos un cura y le pedimos que nos casara sin más. Cuando has visto el infierno en la tierra, como yo lo vi, entiendes que la vida misma es un milagro. Y yo quería vivirla entera con Magda.

—Lo lamento mucho, Milan. Se nota que la extrañas.

—Sí, la extraño. Pero no cambiaría nada. Prefiero ser yo quien sufra su ausencia. No habría soportado verla en este estado. No podría haber muerto tranquilo sabiendo que la dejaba sola. Así que, aunque me duela, agradezco que fuera ella quien partiera primero. Yo era más fuerte para cargar con este vacío. La vida me dio algo más grande que cualquier pena: me dio la oportunidad de amarla. Y de sentirme amado. ¿Cómo podría estar molesto con el destino, si me entregó todo eso? Estoy en paz, Mateo. Espero con calma nuestro reencuentro.

Mateo asintió en silencio, conmocionado. La serenidad de Milan le parecía imposible. Inalcanzable.

—Ojalá pudiera ver la muerte como tú la ves —dijo al fin—. Pero no puedo. La odio. ¡Maldigo el día en que entró en mi vida y se llevó a mi hermano!

En cuanto terminó la frase, se dio cuenta de lo que acababa de decir. Era la primera vez que lo verbalizaba así, sin defensas. Y se lo había dicho a Milan. No entendía por qué.

—Ahora entiendo —respondió el viejo, con tono pausado—. Te dije que esa mirada tuya ya la había visto antes. Y también te dije que la había visto en mi propio espejo.

Mateo lo miró, confundido.

—No entiendo qué quieres decir.

—Todos en Europa hemos perdido a alguien en la maldita guerra —continuó Milan—. Un padre. Un hijo. Una esposa. Un hermano. Yo perdí al mío durante la invasión nazi. Tenía tu edad, quizá menos.

Mateo no pudo ocultar el asombro. Sintió un escalofrío; Milan no solo hablaba desde la experiencia, hablaba desde el mismo lugar roto del que él venía.

Solo entonces empezó a escucharlo con verdadera atención. Antes, Milan era solo un viejo que había vivido demasiado. Un hombre cansado que hablaba de su esposa muerta y de un reencuentro difuso. Pero ahora todo cambiaba. Ahora había algo más fuerte. Más real.

Sin proponérselo, Mateo había abierto una puerta. Había contado lo que nunca contaba. Había mostrado el origen de su tristeza. Y del otro lado, sin juzgar, Milan había hecho lo mismo.

Ya no eran solo maestro y aprendiz. Había algo nuevo entre ellos. Algo parecido a la comprensión.

Se quedaron un momento callados. El silencio no incomodaba; era el eco de algo compartido. Entonces, sin buscarlo, Mateo volvió a hablar, como si aquella confianza recién descubierta le diera permiso para hacerlo:

—He oído que la guerra es terrible. No quiero ni imaginar lo que debe haber sido estar allí —dijo Mateo, con la mirada clavada en el suelo, dejando escapar esa reflexión como si hablara para sí mismo.

—Lo es, muchacho. Lo es —respondió Milan, sin dejar espacio a dudas—. No hay nada peor que la guerra. Es la manifestación más baja del ser humano, la más vil. Cuando la barbarie se suelta, ya nadie la detiene. Las personas dejan de serlo. Se vuelven animales. No, peor aún: demonios.

»Ese es su verdadero horror. No el fuego. No la muerte. Es ver cómo se pierde la humanidad en cuestión de días, de horas. Y no importa de qué lado estés: todos se pudren igual. Pero aun así… —hizo una pausa, larga— incluso en ese infierno, hay destellos. Soldados famélicos que comparten su último pedazo de pan. Compañeros que se lanzan al fuego cruzado para salvar a otros. Abrazos que calman a un moribundo en sus últimos segundos de vida.

»Esas cosas existen, Mateo. Y cuando las ves, entiendes que aún hay algo por lo que vale la pena confiar. Porque incluso en el infierno, puede haber compasión. Y si el amor puede brotar ahí, es porque el amor es más fuerte.

»Por eso hay que seguir adelante. La vida golpea, sí, pero también abraza. Eso te lo puedo asegurar.

—A mí me ha golpeado más de lo que me ha abrazado. De eso también estoy seguro —replicó Mateo, bajando aún más la voz—. Me ha golpeado tanto que ya no sé cómo querer a alguien. Ni siquiera a mí mismo. Me miro al espejo y no me reconozco. Veo a otro. —Guardó silencio unos segundos—. Debes pensar que estoy demente.

—Para nada. Ya te lo dije: esa mirada la vi antes. En mi propio espejo.

Mateo levantó los ojos. Dudó. Luego preguntó:

—Milan, ¿nunca te preguntaste cómo murió tu hermano?, ¿quién lo mató? Ya sé que era una guerra, pero... quizá pudo haberse salvado.

»Yo necesito saber qué pasó con el mío. Solo sé que alguien lo mató al salir de un bar, y esa duda me corroe. Me destruye no saber por qué. Qué hizo. ¡Quién fue! ¡Necesito entenderlo!

—¿Y para qué? —preguntó Milan, sin alzar la voz—. ¿Crees que saberlo cambiará algo? ¿Va a devolvértelo? Hay cosas que jamás entenderemos, y la única salida es aceptarlas. No porque esté bien. Sino porque es lo único que nos queda.

—No es tan fácil —respondió Mateo, con amargura—. Si supieras todo lo que viví, entenderías por qué no veo la vida con otros colores. Me alegra que tú hayas podido reponerte, que hayas encontrado algo a lo que aferrarte. Pero yo no soy como tú.

—¿Y tú crees que esto me vino de un día para otro? —dijo Milan, incorporándose apenas—. No, Mateo. Esto es un proceso. Y tú también tienes que pasar el tuyo. Vivirlo. Sentirlo. Dolerte todo lo que necesites.

»Pero escucha bien —su voz se volvió más firme—, cuando llegue el día en que te descubras más fuerte de lo que creías, cuando sobrevivas a una caída más, cuando resistas otra sacudida sin derrumbarte, lo sabrás. No ahora. Quizá no mañana. Pero lo sabrás. Esa fuerza será tu aliada. Y con el tiempo, entenderás algo más. —Hizo una pausa. Lo miró a los ojos—. Los que sufren temprano alcanzan antes la sabiduría. Disfrutan con más intensidad lo bueno porque ya conocen lo otro. En cambio, los que tienen una vida fácil al principio… cuando llega el primer golpe fuerte, se quiebran. No saben cómo levantarse. Tú, en cambio, ya sabes. Tus cicatrices son los galones de tu uniforme. Tu historia es tu escudo. Y tu resistencia, tu mayor medalla. Y aunque hoy no lo entiendas, eso también es un privilegio.

»Lo siento por verte así, pero a la vez me alegra. Porque sé que estás más preparado de lo que crees.

Mateo lo escuchaba sin apartar la mirada. Nunca nadie le había hablado así. Como un padre. Como alguien que, de verdad, quería que entendiera algo importante. Milan no solo hablaba. Le entregaba una verdad que había costado toda una vida.

—Espero algún día encontrarle sentido a todo esto. Como tú lo encontraste —dijo Mateo, en voz baja.

—Muchacho, el solo hecho de que lo digas ya es un buen comienzo. Y te diré algo más: no desprecies a la muerte. Es tan natural como la vida. Y la vida solo tiene sentido porque existe la muerte.

La conversación se cerró sin necesidad de más palabras. Solo una mirada. Mateo lo contempló con una mezcla de admiración y gratitud.

Milan, que se había inclinado hacia adelante como para que sus ideas calaran más hondo, volvió a recostarse en el sillón. Encendió otro cigarrillo y quedó en silencio.

Mateo terminó la jornada en calma. Trabajó sin distracciones y completó todas las reparaciones pendientes. Luego preparó la comida y se la sirvió a Milan.

Hablaron poco. No hacía falta. El silencio, esa forma de intimidad que compartían sin esfuerzo, lo decía todo.

Al despedirse, Mateo cerró la puerta, bajó los escalones, y al pisar la nieve y alzar la vista hacia la montaña, ya no sintió que era un extraño en un lugar ajeno. Por primera vez, sintió que ese lugar también era suyo. Caminó de regreso al tráiler sin prisa, habitando por fin ese tramo del mundo como si le perteneciera.

★★★★★

Pasaron los días y el ritmo de trabajo en el resort se volvió más intenso. Mateo y Natalia apenas se daban respiro. Cada vez llegaban más turistas, atraídos por la nieve recién caída, y eso significaba más tareas en el hotel, más reparaciones, más agotamiento. Pero también significaba algo más: el sábado se acercaba. Y con él, la cena en casa de Adrián.

Mateo estaba entusiasmado. No lo decía con palabras, pero lo mostraba con pequeños gestos: al afeitarse con más cuidado, al elegir su ropa con menos indiferencia, al preguntar qué hora era cada tanto. Natalia lo notaba y sonreía. Le alegraba verlo así. Sentía que, poco a poco, algo dentro de él volvía a encenderse. Dichoso el momento en que Adrián había reaparecido. No sabía si lo había salvado, pero sí que había hecho algo que ella, durante meses, no había logrado: despertarle el deseo de volver al mundo.

A las ocho en punto, unos golpes sonaron en la puerta del tráiler. Era Adrián, puntual, con su camioneta Ford de más de una década, impecable, brillante incluso bajo la tenue luz invernal. Mateo salió de inmediato. Se detuvo unos segundos a admirarla, mientras Adrián le explicaba con orgullo los caballos de fuerza, el sistema para abrir la maletera y las cadenas que usaban en las llantas cuando la nieve cubría todo, como aquella noche.

Subieron. Mateo en el asiento del copiloto, Natalia detrás. Adrián hablaba sin parar. Iba contándoles historias de Lakeshore, de las rutas que cruzaban California, de pueblos que parecían detenidos en el tiempo. Apenas dejaron atrás el área del resort, la penumbra lo cubrió todo. El camino se volvió estrecho y serpenteante, y los árboles altos del bosque parecían cerrarse sobre ellos.

Natalia no dijo nada, pero el silencio del bosque, profundo y total, la inquietaba. Solo se escuchaba el sonido de la nieve siendo cortada por las ruedas. Adelante, el haz de luz de los faros marcaba una franja blanca. A los lados, nada. Todo era sombra.

Cada cierto tiempo aparecía una cabaña solitaria con una luz encendida, alguna con humo saliendo de la chimenea. Estaban separadas entre sí, como si cada una custodiara su propio pedazo de bosque. Natalia las miraba con atención, buscando algo familiar, algo humano en medio de tanto vacío. Se sorprendió al ver un buzón adornado con un cuervo negro de hierro. Se le quedó grabado.

Poco después, Adrián se detuvo frente a una cabaña de madera, justo del otro lado del camino. Apagó el motor. El silencio fue inmediato, absoluto. Ni una brisa. La nieve caía recta, como si flotara. Las luces de la casa estaban encendidas. El humo de la chimenea dibujaba una línea en el cielo.

—¡Bienvenidos a mi casa! —dijo Adrián, con una sonrisa que lo decía todo—. No suelo recibir visitas… y hoy tengo de las mejores.

—Muy bonita tu cabaña —dijo Mateo.

—Entremos, por favor, antes de que nos congelemos —apresuró Natalia, aunque más que el frío, quería dejar atrás la oscuridad del bosque.

—Tienes razón. Vamos a calentarnos con el fuego —asintió Adrián.

Subieron al porche y entraron. Dejaron los abrigos en el colgador.

La casa era acogedora, rústica y cálida. El aire estaba tibio. Olía a leña y a algo que ya estaba a punto de salir del horno.

—¡Sophie, ya llegó la visita! —anunció Adrián.

Desde la cocina apareció una mujer de rostro amable y sonrisa amplia. Tenía el pelo castaño lacio y unos ojos claros, más grises que azules. Hermosa, pensó Mateo, pero no le sorprendió. Estaba acostumbrado a que Adrián siempre estuviera con mujeres hermosas. En Lima, tenía esa fama: relaciones breves, pero intensas. Siempre con novias igual o más lindas que la anterior. Su carisma, su seguridad, su buen estado físico por su pasión por el mar y el surf compensaban sus escasos intentos de estabilidad.

Ahora, en lugar de olas, Adrián deslizaba su adrenalina por las pistas de esquí. Pero en el fondo, seguía siendo el mismo.

—¿Necesitas ayuda? —preguntó Natalia con naturalidad—. Puedo ayudarte a terminar la cena.

—¡Gracias! Justo estoy por sacar la carne del horno —respondió Sophia.

Natalia le devolvió la sonrisa. Sintió una buena impresión. Le pasaba a menudo. Tenía el corazón programado para confiar.

Las dos se fueron a la cocina.

Mientras ellas conversaban y se conocían, Adrián aprovechó el momento a solas con Mateo para mostrarle la casa. Lo condujo hasta un pequeño bar en la sala, con botellas de diferentes regiones cuidadosamente alineadas.

—Mira esto —dijo, sacando una botella del estante más bajo—. Este vino lo compré con mi primer sueldo en California. Fui a una tienda y pedí el mejor que pudiera pagar. No fue barato. Pero no me arrepiento.

Mateo lo miró con curiosidad. Adrián sostenía la botella como si tuviera entre las manos algo sagrado.

—Lo compré para recordarme que el presente es lo único real. Para recompensarme el salto al vacío de dejarlo todo y empezar de nuevo. Lo guardé para un momento especial. Y hoy, Mateo, quiero abrirlo contigo.

—No deberías. Te agradezco el gesto, pero no creo merecerlo. No después de todo lo que significa para ti.

Adrián lo miró fijo, con una mezcla de cariño y firmeza.

—No vuelvas a decir eso. Para mí sí lo mereces. Lo abrimos por Nicolás. Estoy seguro de que él estaría feliz de vernos así.

Mateo dudó unos segundos. Luego asintió.

—Está bien. Por Nicolás.

—¡Eso es! —dijo Adrián, entusiasmado—. Vamos a sacar este corcho.

Lo hizo con calma. Con ese gesto ceremonial, repetido durante siglos, que anuncia algo más que un brindis.

El vino, pensaba Adrián, no era solo una bebida. Era un rito, una pausa, un lazo. Desde siempre había unido a las personas. Esa noche no sería la excepción.

Sirvió las copas mientras caminaban hacia la chimenea. El fuego crepitaba. Afuera, la nieve seguía cayendo. Dentro, la conversación apenas comenzaba.

—Es un gusto, Mateo —dijo Adrián, mientras le entregaba la copa.

—Gracias, Adrián. Lo valoro mucho.

—Salud por Nicolás —añadió, alzando su copa.

—Salud —respondió Mateo, repitiendo el gesto.

—¿Qué te parece?

—Muy bueno. De verdad, muy bueno.

—Me alegra. Estoy feliz de tenerte aquí.

—Gracias, Adrián. Eres muy amable —dijo Mateo, observando el líquido con atención, como si pudiera encontrar respuestas en su color—. ¿Puedo preguntarte algo?

—Por supuesto, Mateo. Lo que quieras.

—¿Extrañas a Nicolás?

Adrián se tomó un segundo antes de responder.

—Vaya pregunta, Mateo. Claro que sí. Era mi mejor amigo. Crecimos juntos. Me sorprende que lo preguntes.

—Sí… Es una pregunta sin mucho sentido. Lo sé. Solo… solo necesitaba oírlo, aunque fuera obvio. Yo también lo echo tanto de menos… Me cuesta seguir adelante. A veces siento que no voy a poder. Perdón, no quería arruinar la reunión, pero necesitaba hablar de él contigo. Alguna vez.

—No tienes que disculparte. Te quiero como a un hermano y sé lo difícil que ha sido todo esto para ti.

Mateo bajó un poco la voz:

—La pregunta real… la que en verdad quiero hacerte… —titubeó un instante— es… ¿Qué fue lo último que viste esa noche?, ¿notaste algo raro? Ya sé que te fuiste antes que Nicolás, pero… quizá viste algo que pueda ayudarme a entender qué pasó.

—Mateo, creo que seguir hurgando en detalles no te va a hacer bien. Entiendo tu dolor, pero buscar respuestas que quizá no existen solo alimenta esa herida. Y me preocupa. Mucho.

—No, Adrián. No alcanzas a entenderlo del todo. Necesito saber qué ocurrió. El informe policial es inútil. Solo dice que lo hallaron con todas sus pertenencias, así que no fue un robo. El parte médico menciona una caída, un golpe en la cabeza… Pero eso no explica nada. Nicolás no tenía enemigos. No tenía deudas. No había razón alguna. Y yo… yo no puedo más con tantas preguntas sin respuesta. Siento que me estoy rompiendo por dentro. Eres la única persona que puede ayudarme a desenredar este nudo.

Adrián suspiró y bajó la mirada.

—No sabía que estabas así. Lo siento, de verdad. Pero yo hice todo lo contrario. Me fui de Lima precisamente para no pensar más en esa noche maldita. Para no seguir rumiando una tragedia sin sentido. Fue devastador para todos, pero tú y yo… éramos los más cercanos. Y créeme, lo entiendo. Pero indagar más solo alarga el duelo. A veces, Mateo, no hay explicaciones. Solo hechos. Y tenemos que aprender a vivir con ellos.

—Solo dime si viste algo fuera de lugar. Lo que sea.

—No, Mateo. No vi nada raro. Fue una noche como tantas. Charlamos, bebimos algo… y luego me fui. La llamada llegó cuando ya estaba en casa. Fue terrible. Y prefiero no revivirlo. Por favor.

—Está bien… Lo entiendo. Gracias igual —dijo Mateo, con un hilo de decepción.

—Vamos, Mateo. No dejemos que esto nos consuma. Tenemos esta copa, este lugar, este instante. Es todo lo que tenemos.

Estoy feliz de verte. De que estemos compartiendo esto. Sophia y Natalia están preparando una cena increíble. La vida, a veces, se resume en esto: en lo que nos ofrece aquí y ahora.

—Tienes razón. Vamos. Quiero que Natalia también pruebe este vino. Es excelente.

—¡Claro que sí! —respondió Adrián con una sonrisa, recuperando el tono festivo.

Caminaron hacia el comedor, donde Sophia y Natalia terminaban de organizar la mesa.

La calidez de la casa envolvía el ambiente: el crepitar suave de la chimenea, los aromas de la carne al horno, el vapor de las salsas subiendo en espirales lentas. Todo hablaba de hospitalidad.

Adrián sirvió las copas de Sophia y Natalia con el mismo vino. Sophia, generosa y atenta, había preparado una cena que parecía salida de una celebración. La carne al horno, jugosa, iba acompañada de vegetales asados y salsas caseras. El mantel estaba limpio y bien dispuesto. Las velas encendidas agregaban una luz blanda, casi líquida, al ambiente.

Todo indicaba que, por unas horas, la memoria del dolor podía quedarse fuera. Aunque fuera solo un rato.

—¡Sophia, muchas gracias por preparar todo esto! Se ve y huele delicioso —dijo Natalia, sincera, con los ojos brillando de gratitud.

—Nada que agradecer —respondió Sophia con una sonrisa tranquila—. Lo hice con mucho gusto. Adrián me habló bastante de ustedes. Tenía muchas ganas de conocerlos.

—Igualmente, Sophia —correspondió Natalia; curiosa, preguntó—: Cuéntanos, ¿a qué te dedicas?

—Estudio arte. Desde niña me apasionó.

—¡Qué interesante! ¿Alguna rama en particular?

—He explorado varias. Ahora estoy muy enfocada en la pintura, pero antes hice escultura... incluso algo de teatro.

Adrián intervino con tono festivo, alzando su plato:

—Miren nada más esta mesa: una artista, una futura abogada, un futuro ingeniero... y yo, un constructor sin estudios, pero con obras concluidas. Y discúlpenme —dijo, acercando su plato—, pero las obras de construcción son el aporte más tangible que puede hacerse a la sociedad. Así que, por favor, Sophia, dame el corte más grande. Me lo he ganado.

—Bueno, Adrián —replicó ella sin perder la sonrisa—, sin abogados no tendrías contratos, y sin científicos ni ingenieros, seguirían construyendo como en la Edad de Piedra. Así que, controla ese ego —añadió, mientras servía primero a los invitados y lo dejaba esperando.

—¡*Touché*, querida Sophie! Pero te olvidaste del rol del artista, que nos alegra la vida con sus colores.

—No solo la alegra. El arte inspira. El arte conecta. El arte nos obliga a mirarnos por dentro. A cuestionarnos. —Sophia dejó los cubiertos sobre la mesa, bajó ligeramente la voz y continuó—: A diferencia de la ciencia, el arte no busca una verdad absoluta. Son muchas verdades, todas válidas, dependiendo de quién mire. El arte expresa lo que las letras y los números no alcanzan. Por eso está por encima de todo. Porque nos hace más humanos. Más empáticos. Y, en tiempos tan vacíos, más vivos. Lamentablemente, no muchos lo entienden. Este mundo... este tiempo... está hambriento de profundidad. Y por eso hago lo que hago.

—Bien dicho, Sophie. Sobre todo viniendo de ti —dijo Adrián, incapaz de dejar pasar una oportunidad para elogiarla.

—Nunca mejor expresado —añadió Mateo, que se había quedado pensativo.

—Pocas personas entienden lo que representa el arte. Tal vez porque la inteligencia escasea hoy más que nunca.

—Yo creo que hay más gente inteligente de lo que parece —respondió Adrián, esta vez con un tono más grave—. Pero se ha desviado su propósito. Ahora se usa más para destruir que para construir. Y, en lo personal, me repugna la gente inteligente que se hace la tonta para obtener ventajas.

—Yo desprecio más a los tontos que se creen inteligentes —dijo Mateo, sin mirarlo—. Esos abundan. Y hacen mucho ruido.

—Totalmente de acuerdo —asintió Adrián, alzando su copa hacia él antes de beber un sorbo.

Natalia, con su calidez habitual, intervino para suavizar el tono:

—Ustedes dos son, sin duda, los más pesimistas que he escuchado. Yo elijo ver el vaso medio lleno. Siempre. —Los miró con dulzura, como si su optimismo fuera una decisión que defendía con la misma convicción que otros defienden una idea política—. No creo que haya más gente que destruye. Creo que hay más que construye. El mundo, en el fondo, es mejor de lo que parece. Pueden llamarme ingenua, pero el día que perdamos el optimismo, lo habremos perdido todo. Y para mí, el optimismo es eso: una decisión consciente. Así elijo mirar la vida.

Adrián la escuchó en silencio, luego replicó con un suspiro contenido:

—Tienes razón, Natalia. Es genial que lo veas así. Pero yo no puedo. No después de lo que he visto. Entramos al siglo XXI con guerras activas en varios continentes. No aprendimos nada. Ni de las cruzadas, ni de las napoleónicas, ni de las guerras mundiales. —Hizo una pausa. Su voz bajó—: La humanidad avanzó en tecnología, en ciencia, en exploración espacial... pero el alma humana, esa, retrocedió. La codicia no se erradica. Solo cambia de forma.

—Puede que tengas razón —intervino Sophia—. Pero yo también creo que vivimos en la mejor época posible. La diferencia es el foco. —Apoyó suavemente los dedos sobre la copa—. Los medios solo muestran lo malo. Pero por cada bala que se dispara en el mundo, se dan millones de besos. Y nadie los cuenta.

Adrián la miró con una mezcla de ternura y rendición.

—Me encanta cuando nos regalas poesía sin darte cuenta. Salud por eso.

Los otros tres levantaron las copas y brindaron. Esta vez, el brindis fue más que un gesto. Fue una conciliación.

Mateo disfrutaba el proceso de ser convencido, aunque solo fuera por un instante, de que el mundo no era tan sombrío ni distópico como él solía percibirlo.

Lo cautivaba la manera de hablar de Sophia: su voz suave, su calma, el modo en que se tomaba una pausa antes de responder, como si cada idea fuera una elección consciente. Decía lo que pensaba sin medir demasiado si los demás estarían de acuerdo. No buscaba agradar. Simplemente era. Y eso, para Mateo, siempre había sido una forma de valentía.

Admiraba a quienes conservaban esa seguridad que él, con el tiempo, había perdido. Él ya no hablaba con soltura; había aprendido a contenerse. Pero esa noche, en esa mesa, se sentía en confianza. Con Natalia y Adrián, sus pilares. Y, sorpresivamente, con Sophia, a quien acababa de conocer, pero con quien también sentía libertad para ser.

La cena se alargó entre risas, historias y recuerdos. Hablaron de todo, pero sobre todo de lo que habían callado durante años.

Sophia les contó que había nacido en Los Ángeles, que vivía con sus padres y que hacía un año se había mudado a San Francisco para estudiar arte. Allí conoció a Adrián en un bar. Él la vio entrar, no apartó la mirada, se acercó con una de esas frases suyas que decía y que nunca fallaban, y la invitó a salir al día siguiente. Desde entonces, no se separaron. Sophia había llegado a Lakeshore solo por unas semanas, aprovechando una pausa en sus clases, pero se quedó más de lo planeado. Mateo comprendía por qué.

Ver a Adrián así, compartiendo su casa con alguien, era nuevo. Inesperado. Pero tenía sentido. Sophia no solo era hermosa: era interesante. Tenía ese tipo de presencia que invitaba a quedarse. A descubrirla. A pensar un poco más. A mirar distinto. A lo largo de la cena, Mateo también fue descubriéndola. Y se alegró por su amigo. Se alegró de verdad.

Natalia compartía esa misma impresión. Había disfrutado de la conversación con Sophia desde el primer instante. Ambas irradiaban carisma, pero lo usaban de manera distinta. Sophia lo desplegaba con intención, como quien conoce el efecto de sus palabras. Natalia lo llevaba puesto sin darse cuenta: era parte de su naturaleza. Pero, a su modo, ambas conectaban. Ambas creían en la luz del mundo. No esa luz ingenua que niega la oscuridad, sino la que se elige a pesar de ella.

Porque el optimismo —para ellas— no era una evasión. Era una forma de resistencia. No consistía en cerrar los ojos ante el dolor, sino en enfrentarlo con esperanza. En creer que, incluso cuando no se sabe, vale la pena seguir creyendo. Porque el saber no siempre está al alcance. Pero la fe —ya sea en Dios o en algo más allá— se escoge. Y tanto el creyente como el agnóstico comulgan en la duda. Porque nada es absoluto. Porque cuestionarse es el cimiento de toda sabiduría, sea cual sea nuestro credo. Precisamente, son esas dudas las que nos obligan a mirar más hondo.

Al terminar la cena, Mateo y Natalia agradecieron la hospitalidad. Prometieron devolver la invitación y acordaron una fecha para la semana siguiente.

Adrián los llevó de vuelta al tráiler en su camioneta.

En el camino, entre risas y anécdotas de su época en Lima, Mateo notó una cadena plateada asomando por el cuello de Adrián. La reconoció de inmediato.

—¿Esa es la cadena que les dieron al graduarse? —preguntó, esta vez sin nostalgia, sino con ese tono cálido que acompaña los recuerdos luminosos—. Recuerdo que Nicolás tenía una igual. Colgaba una medalla con el escudo del colegio y su nombre grabado detrás.

—Así es —respondió Adrián, mostrándole la medalla—. Aquí está. «Adrián M.». Nunca me la he quitado. Es una de esas cosas que te atan a los tuyos. A nuestros años. A Nicolás.

Tras una pausa, Mateo dijo:

—Qué extraño… Cuando me entregaron las cosas de Nicolás, solo me dieron la cadena. No recuerdo haber visto la medalla. Puede que se la hayan entregado a mi madre… O quizás estaba tan desorientado que ni me fijé. Todo es tan borroso de esos días…

—Seguro la tiene tu madre. Es un bonito recuerdo. Y me alegra que sigas conservando la cadena. Es parte de lo que fuimos.

La camioneta se detuvo frente al tráiler. Adrián bajó para despedirse.

—Gracias por venir —dijo—. Hacía tiempo necesitaba una noche así. Me hacía falta ver a mis amigos de verdad.

—Nosotros también, Adrián. Tú y Sophia han sido increíbles. Muy pronto, otra cena —añadió Natalia con una sonrisa.

Se abrazaron. Y luego vieron cómo la camioneta marrón se alejaba por el camino.

La noche estaba en calma. Había dejado de nevar. El cielo, despejado por completo, mostraba la Vía Láctea como un río suspendido entre los árboles. Era una noche cerrada, silenciosa, perfecta.

Y ahí, en medio de esa inmensidad, Mateo y Natalia se quedaron unos segundos mirando al cielo.

Nada más. Nada menos.

III

Era un miércoles por la noche. Natalia atendía en el restaurante cuando una mujer con uniforme de recepción se acercó apresurada, interrumpiendo apenas segundos después de que ella dejara un plato en una mesa. Respiraba agitada, como si hubiese subido corriendo las escaleras, o cruzado el pasillo sin detenerse. Natalia sintió un golpe sordo en el pecho. No era habitual que alguien del hotel viniera a buscarla con esa urgencia.

—Tienes una llamada de tu madre. Está en línea —le dijo la mujer, sin rodeos—. Dijo que es importante.

El gesto del rostro bastó para inquietarla. Su madre conocía de memoria sus turnos. Siempre coordinaban con días de antelación cuándo hablar. Algo no estaba bien. Natalia lo supo antes de mover los pies, pero igual echó a correr hacia la oficina administrativa, donde un empleado del hotel ya la esperaba con el auricular en mano.

—¿Mamá?

—Hija… hijita… tu abuelo… —La frase se quebró antes de completarse.

Al otro lado de la línea, la voz de su madre se mezclaba con un sollozo contenido que no logró disimular.

—¿Qué pasa con mi abuelo? ¡Mamá, dime!

—Está muy grave. Lo han hospitalizado de emergencia. Los doctores… dicen que no tiene buen pronóstico. Van a hacerle un seguimiento, pero por cómo me lo dijeron, creo que no hay mucho que hacer, hijita…

Natalia no respondió. Quedó en silencio, el nudo en la garganta empezaba a cerrarse como si alguien le apretara desde dentro.

—Hijita… sería bueno que regreses. Para estar juntas.

—Quiero mucho a mi abuelo… —logró decir con la voz endurecida, el temblor apenas disimulado.

—Lo sé, hijita. Y él te quiere más que a nadie en el mundo.

—Voy a organizarme. Hablaré con Mateo. Te llamo mañana. Te quiero, mamá.

Apenas colgó, el llanto estalló como una represa vencida. Llevaba minutos acumulándose en su cuerpo delgado, buscando por dónde salir. La oficina era pequeña. Los demás empleados, que no entendían el idioma, solo percibieron el cambio repentino: una llamada en español, una joven llorando. Se acercaron con cautela. Algunos ofrecieron ayuda, otros una mirada amable. Natalia, entre lágrimas, esbozó una sonrisa leve y agradecida. Dijo que estaba bien, que no se preocuparan. Y salió casi huyendo del lugar.

Lo único que necesitaba era estar con Mateo.

Pidió salir antes del cierre y se dirigió al tráiler, caminando en medio del frío nocturno con los ojos empañados y el recuerdo de su abuelo invadiéndole cada paso.

No había exageración en lo que su madre había dicho. Natalia era, sin duda, la persona favorita de su abuelo. También era su única nieta: hija única de su madre, y sobrina de una tía que nunca tuvo hijos. Ese lazo exclusivo los volvió inseparables. Compartían charlas largas, silencios cómodos, risas suaves. El carisma de Natalia era el alimento preferido del abuelo. Y a ella le fascinaban sus historias. Sobre todo, cuando hablaba de Cuzco.

Él le contaba cómo, años atrás, había soñado con una casa celeste pálido en medio del valle del Urubamba. La imagen se le quedó grabada en la memoria. Tanta fuerza tuvo aquel sueño, que tras jubilarse, se fue en su búsqueda. Regresó una y otra vez a Cuzco. Y cuando estaba a punto de rendirse, la vio. Desde la carretera. Una casa solitaria en la cima de una loma. Celeste, tal como la había imaginado.

No supo si era una visión que emergía del recuerdo o si la había visto antes sin notarlo. Solo supo que era esa. Tocó la puerta. Lo recibió un hombre mayor, originario de la zona. Le dijo que no pensaba venderla, pero se hicieron amigos. Quizá el carisma de Natalia venía de él. Cada visita del abuelo fue una excusa para pasar unas horas en esa casa, conversando con su dueño, escuchando sobre la vida en la sierra, y confirmando —una y otra vez— que ese era su lugar en el mundo.

Dos años después, el dueño, ya anciano y cansado, aceptó mudarse con su hijo. Pero no quiso vender la casa a cualquiera. Solo la entregaría si el abuelo de Natalia seguía dispuesto. Y, por supuesto, lo estaba.

La alegría fue compartida. El dueño, tranquilo de ceder su hogar a quien lo valoraría. El abuelo, emocionado de finalmente encontrar el suyo. Le ofrecieron repintarla, pero él se negó. El color celeste gastado le parecía perfecto.

El día de la entrega, se celebró una ceremonia ancestral. Hubo ofrendas a la casa y a la tierra. El abuelo sintió que esa bendición lo envolvía.

La casa, en lo alto de una colina accesible, ofrecía una vista sin interrupciones: un valle extendido en gamas de verde, marrón y oro, salpicado de ichu y vigilado por un nevado al fondo. En el terreno que la rodeaba, cultivaba con paciencia. Había pocas casas cerca. Pero los vecinos, aunque dispersos, eran comunidad: se acompañaban en lo bueno y en lo malo.

Le encantaba caminar entre el ichu, ese pasto alto y fibroso que crece libre en las alturas andinas, como si reclamara su lugar como verdadero dueño de los cerros. Había algo en su textura áspera, en su movimiento al compás del viento, que lo volvía casi sagrado. A veces, bajo la luz del sol, su brillo parecía un regalo del mismísimo Inti. Para Natalia, esa caminata no era solo un paseo: era una comunión. Pasar la mano por las espigas era sentir a Cuzco latiendo en la piel. Como si la tierra le hablara en voz baja, en su idioma ancestral. Como si el aire del valle y el fulgor del nevado le dijeran que también ella pertenecía a ese paisaje.

Natalia lo visitaba siempre que podía. Pasó muchas vacaciones ahí. Se enamoró de ese lugar, de sus aromas —a café, a campo, a memoria—. El ichu, al principio, le llegaba al pecho y, con los años, solo a la cintura. Decía que sentía a Cuzco en el corazón cuando el viento le rozaba la cara, cuando sus dedos recorrían esas hierbas vivas, cuando el atardecer pintaba de fuego la cima del nevado.

Natalia llegó al tráiler. Mateo cenaba, pero no necesitó palabras para saber que algo estaba mal. Nadie conocía a Natalia mejor que él, y bastó una mirada para despejar cualquier duda, si es que la había.

Ella se acercó. Se sentó despacio, como si sostenerse le costara el peso del día, del cuerpo, del alma. Le contó lo que acababa de oír por teléfono. La noticia la había dejado temblando, y Mateo no tardó en comprender la magnitud de su dolor. Sabía de la relación que tenía con su abuelo. Más que cercana: era como la de una hija con un segundo padre. Por eso, en cuanto la escuchó, se levantó y la abrazó.

Natalia se dejó envolver. Su cuerpo se estremecía entre los brazos de Mateo, mientras el llanto finalmente encontraba salida. El dolor se deslizaba por su piel, como si necesitara ser visto, como si solo pudiera aliviarse así: siendo compartido.

—Mi mamá me ha pedido que regrese a Lima —dijo Natalia, con una voz tan baja que parecía un susurro rasgado por el dolor—. Creo que es lo mejor. Quiero estar cerca de ella... y, sobre todo, de mi abuelo.

Mateo no respondió de inmediato. La abrazó con más fuerza. Le acarició la espalda en silencio, buscando las palabras entre la confusión que ya comenzaba a habitarlo.

—Esperemos unos días. A ver cómo evoluciona... Mantengamos la esperanza —dijo al fin, sin convicción, más para consolarla que por verdadera fe en lo que decía.

Esa noche no hablaron más del tema. Mateo le preparó la cena. Natalia comió lo que pudo. El agotamiento emocional y mental terminó por rendirla. Se durmió rápido, envuelta en una tristeza densa, sin palabras.

Mateo se quedó un rato más despierto. Miró la oscuridad a través de la pequeña ventana. Sus pensamientos giraban como un torbellino. ¿Volver a Lima? No había contemplado esa posibilidad. No tan pronto. No ahora, cuando al fin sentía que una pequeña luz se había encendido en medio de su sombra.

Pensó en Adrián. En el reencuentro. En las conversaciones que aún estaban pendientes. Lo admiraba, lo necesitaba cerca. Pensó en Milan. En esa manera de mirar la vida que le abría grietas en sus propias creencias. Cada conversación con él valía por cien silencios rotos con su padre. Milan lo había remecido en un lugar que nadie más había alcanzado. En poco tiempo, había ganado un lugar especial. Un respeto íntimo.

Pero Natalia se lo había pedido. Y no era cualquier pedido. Venía de quien había estado ahí siempre. En lo bueno, en lo malo. Sobre todo, en lo más hondo. En lo más oscuro.

¿Cómo no acompañarla ahora? Solo de pensarlo, el estómago se le revolvía. Sentía náusea. Conflicto. Pero también claridad: no podía negarse. No a ella. No a quien había sido abrigo y refugio cuando todo era intemperie.

Decidió dejar ese nudo para la mañana siguiente. Ya lo pensaría con más calma.

Se fue a la cama, se tendió a su lado. La abrazó con cuidado, como si ese gesto pudiera sostenerla mientras dormía. Y ella, en medio del sueño, apenas esbozó una sonrisa.

Una diminuta luz. Un respiro.

★★★★★

Mateo llegó al taller más temprano que de costumbre. Milan estaba terminando de desayunar. Él se acercó sin decir mucho, retiró el plato y el vaso con un gesto natural y los lavó. Las mañanas, entre ambos, solían comenzar así: sin urgencias, sin muchas palabras. A Mateo siempre le sorprendía ver cómo Milan encendía un cigarrillo tan temprano. No era que no le preocupase; sabía que estaba enfermo, aunque ignoraba la gravedad exacta. Pero ni con esa inquietud se sentía con derecho a decirle algo. No con Milan.

Había algo en su soledad que ocupaba el aire del taller. Una presencia densa, callada, como una neblina que nadie osaba dispersar. Pero cuando Mateo llegaba, algo cambiaba. No sabía bien qué. A veces pensaba que Milan lo miraba como a un hijo. O quizá se veía reflejado en él, como un eco de su juventud. Tal vez era solo que, después de tanto tiempo sin compañía, le bastaba una presencia amable para abrir la memoria.

Y cuando Milan recordaba, lo hacía de golpe. Como si al ver a Mateo se activara una compuerta. Volvían imágenes que no había tocado en décadas, episodios que salían sin aviso. Y Mateo se dejaba arrastrar. Escucharlo era como entrar en otra vida. Tal vez porque necesitaba con desesperación huir de la suya. Y si debía habitar el pasado de otro para olvidar el suyo, lo aceptaba.

—Mateo, pásame el frasco de pastillas —dijo Milan, mientras buscaba con lentitud el borde de la mesa—. Es hora de la dosis de la mañana.

—¿Estás bien? —preguntó Mateo mientras le alcanzaba el frasco, aunque ya conocía la respuesta.

—A mi edad, ¿quién está bien?

—Bueno, no cualquiera maneja un taller como tú —dijo Mateo, intentando levantarle el ánimo.

—¡Ah, eso es cierto! —Rio Milan, y su carcajada tomó por sorpresa a Mateo—. Manejo este taller porque nadie quiere acompañarme, porque nadie se atreve a despedir a un viejo enfermo… y porque, entre tú y yo, nadie lo hace mejor. En eso último, tienes razón.

—Entonces sigue tomando tu medicación, porque nadie podrá reemplazarte. Además… —añadió Mateo, bajando un poco la voz—, pronto tendré que volver a Lima. Y es lo último que quiero.

—¿Tan pronto, muchacho? —Milan frunció el ceño—. Apenas estamos a mitad de la temporada.

—El abuelo de Natalia está muy mal. No sabemos cuánto le queda... ¿Recuerdas que te hablé de ella?

—Claro que sí. Es la única persona de la que hablas con los ojos encendidos. Cuando mencionas a Natalia, me haces pensar en Magda. Mi Magda... pronto estaremos juntos de nuevo —dijo Milan, con una sonrisa ausente, como si se hablara a sí mismo.

—Natalia quiere regresar en cuestión de días. Yo no quiero. Lima me trae de vuelta a mi peor pesadilla, y ahora... estoy tan lejos de eso. Me siento bien aquí. Por fin. Después de mucho tiempo.

—Mateo... —dijo Milan, con voz serena—. Yo soy solo un viejo al que no le queda demasiado. No me uses como excusa para no enfrentar tus propios temores.

Mateo enmudeció. Aquellas palabras le dolieron más de lo que estaba dispuesto a admitir. Le dolieron porque eran verdad. Y las verdades, cuando se dicen sin filtros, duelen como puñaladas limpias. Se sintió expuesto, vulnerable, como si le hubieran quitado una piel que ya apenas protegía.

Había abierto el corazón con una entrega total, y la respuesta de Milan fue seca. No había rechazo, pero tampoco consuelo. Sintió que había ofrecido un cheque en blanco y le devolvieron una mirada vacía. Y eso... eso calaba hondo.

La frase final fue el golpe: «No enfrentar tus temores». Mateo se sintió desenmascarado. No por crueldad, sino por claridad. Como un actor que descubre, de pronto, que su máscara es invisible, que todos han visto su rostro desnudo y él era el único que lo ignoraba. Y ahora Milan se lo mostraba con la naturalidad brutal de quien no necesita elevar la voz para decir su verdad.

No dijo nada. Solo volvió a su mesa de trabajo. Movió unas herramientas. Ajustó unas fijaciones. Fingió normalidad. Había recibido un disparo directo y, aun así, no sentía odio. Sabía que Milan no lo había dicho con intención de herir. Y quizá por eso dolía más: porque era sincero.

El silencio entre ellos se prolongó. Mateo lo necesitaba para digerir lo que acababa de ocurrir. Milan no parecía notarlo, pero aquel comentario había estrechado aún más el vínculo entre ambos. Cada vez quedaban menos defensas.

—Voy a extrañar este lugar. No tengo dudas —dijo Mateo al fin, mientras se inclinaba sobre un par de esquís.

—Es un bonito sitio. No lo niego. He pasado décadas aquí.

—¿Nunca pensaste en volver a casa?

—¿Casa? —repitió Milan, como saboreando la palabra—. Casa es donde está tu corazón. En algún momento, Magda y yo decidimos que este era nuestro hogar. Cuando encuentras ese lugar, ya no tienes que seguir buscando. El hogar está dentro. No en un punto del mapa.

Mateo lo miró, en silencio.

—La gente suele confundir los lugares con los momentos —continuó Milan—. Un lugar no es bueno ni malo. Es lo que ocurre en él. Pero nuestra mente es simplista. Cree que la felicidad está en regresar a aquel lugar donde una vez fuimos felices. Praga fue mi ciudad. La amé. Pero no es mi hogar. El hogar está donde uno puede estar en paz con los suyos. Pudo ser Praga. Pudo ser California. O cualquier otro lugar.

—Entonces Lima no es mi hogar —murmuró Mateo—. No tengo por qué volver.

—No tergiverses mis palabras —replicó Milan con una sonrisa breve—. No uses lo que dije para justificarte. Eres mejor que eso. Pero te diré algo. Si Magda me hubiera pedido volver a Praga para ver a su abuelo por última vez, no habría dudado ni un segundo. La pregunta que debes hacerte es otra: ¿Natalia es tu Magda?

La frase quedó suspendida en el aire. Dolía. Pero traía consigo una verdad imposible de ignorar.

Las conversaciones solían terminar así: con Mateo en silencio, atrapado en sus propios pensamientos. Escuchaba cada palabra de Milan con atención. No porque quisiera impresionar, sino porque las sentía. Porque quería ser mejor. Mucho mejor de lo que era. Aunque, en el fondo, sabía que ser peor era más fácil. Y ahí andaba, en ese equilibrio frágil. Luchando.

—Milan… me quedan pocos días en California. Si hay algo en lo que pueda ayudarte… algo que no sea reparar esquís, dímelo. Por favor.

—Tu corazón está en el lugar correcto, Mateo. Te agradezco. Pero por ahora, no necesito nada.

Mateo sonrió. Miró a Milan recostarse en su sillón con un gesto de cansancio. Lo observó por unos segundos más. Como si ya supiera que pronto iba a extrañar incluso los silencios, incluso los disparos de verdad que cada día el viejo le regalaba.

★★★★★

Mateo regresó al tráiler por el mismo camino de siempre. Al entrar, lo envolvió el calor seco del interior, tibio aún por el sol de la tarde que se filtraba entre las cortinas. La puerta se cerró con un golpe leve, más aire que sonido. Natalia estaba de pie junto a la mesa del comedor, rodeada de papeles que crujían levemente cada vez que los desplazaba. Estaba tan concentrada que no notó su presencia hasta que el chasquido metálico de la cerradura rompió el silencio.

—Hola, qué bueno que llegaste —dijo sin apartar la vista de lo que revisaba.

—¿Qué estás viendo?

—Precios, rutas, fechas… vuelos a Lima. Mira —respondió, señalando con el dedo un itinerario—, con esta opción podríamos estar allá en dos días, pero cuesta casi el doble. Con esta otra, llegaríamos un día después, pero es más económica. Mañana me confirmarán una alternativa más y podremos decidir. Sea como sea, estaremos allá este fin de semana.

—Veo que te has organizado rápido. ¿Tuviste noticias sobre tu abuelo?

—Mi mamá dice que no ha mejorado… —respondió sin levantar la cabeza—. Siguen esperando lo peor. La verdad, prefiero no hablar de eso ahora. Prefiero mantenerme ocupada con esto, si no te importa.

—Claro. Lo entiendo —dijo Mateo, recorriendo con la mirada cada rincón del tráiler. Aquel espacio tan básico y, sin embargo, tan suyo—. Le conté a Adrián lo que pasa. Quedamos en cenar juntos esta noche. Sophia no irá, está cansada. ¿Te provoca venir?

—No, amor. Quiero avanzar con las maletas y dejar todo listo cuanto antes. Anda tú.

—Está bien —respondió, y se inclinó para besarla en la frente. Fue entonces cuando Natalia detuvo por un momento su concentración. Cerró los ojos y sostuvo el gesto. Uno de esos raros momentos de contacto, escasos pero necesarios.

—Mateo…

—Dime.

—No sé si debería decirte esto… —vaciló. Dudaba, como si aún pudiera retroceder. Pero ya lo había soltado, y Mateo la miró con fijeza—. Sé cuánto quieres a Adrián. Y él también te quiere, eso es evidente. Pero…

—¿Pero qué? Natalia, dímelo.

—No, olvídalo. Adrián ha sido muy generoso con nosotros. Todo esto de mi abuelo me tiene confundida, pensando cosas que quizá no tienen sentido… no lo sé.

—¿Qué es lo que te preocupa?

—No sabría decirte con certeza. Es su forma de pensar… a veces me resulta extraña. Tal vez es por lo que ha vivido, o tal vez siempre fue así. Es solo una sensación, Mateo. Una incomodidad que no sé cómo explicar. Y quizás es solo eso: una sensación. Ya está, mejor no me hagas caso. Fue un error mencionarlo.

—Sí, en eso estamos de acuerdo. Es un error pensar algo así de Adrián. Él es como un hermano para mí. Desde que Nicolás se fue, lo considero mi única familia.

—Lo sé. Perdóname. Anda, que te debe estar esperando. Dale mis saludos. Ha sido muy bueno con nosotros desde que reapareció en nuestras vidas.

—Trataré de no demorarme.

Mateo tomó sus llaves y salió del tráiler. Llevaba la molestia a cuestas, aunque intentaba disimularla. Sabía que Natalia no estaba en su mejor momento. Su angustia era real, y lo entendía. Pero no podía evitar sentirse inquieto. Le costaba aceptar que alguien —que ella— pusiera en duda a Adrián.

Se dijo que debía comprenderla. Era el cansancio, la preocupación, la incertidumbre. No podía ser otra cosa. No quería que lo fuera.

Decidió no darle más vueltas.

Cuando llegó al bar, Adrián ya estaba sentado en una de las mesas, esperándolo. Había pedido algo de comida para los dos y un par de cervezas.

Comieron, bebieron y rieron. Mateo se olvidó pronto del comentario de Natalia. Se perdía en cada historia que contaba Adrián: una más interesante que la anterior, una más graciosa, siempre con finales asombrosos. Y lo curioso era que todo era cierto. Algunas de esas anécdotas él mismo las había vivido con Adrián, en los años de Lima.

Adrián siempre había vivido como si cada día fuera el último. Tal vez por eso acumulaba tantas historias. Incluso las malas experiencias, en él, resultaban admirables. No por lo que sufría, sino por el solo hecho de haberse atrevido a hacer lo que nadie más se habría atrevido. Por eso, Mateo lo admiraba como a pocos. Adrián solía decir que cuando no le temes a nada, eres libre. Que la libertad absoluta exige desprenderse de toda atadura: de pareja, de familia, incluso del pasado. Que solo así uno se vuelve ligero. Ligero como esa brisa fría que entraba por la ventana del bar. Y desde esa ligereza —decía—, se podía ver la vida con distancia. Con otra claridad. Con una frialdad que impide el miedo.

Pero ahí estaba el detalle. El miedo, pensaba Mateo, era lo que nos hacía humanos. Lo que nos hacía valorar las pérdidas. Lo que daba sentido. Quizá esa frialdad sutil, que él apenas notaba en Adrián —aunque seguía siendo un hombre generoso, afectuoso— era lo que Natalia no sabía explicar, pero que sí sabía identificar. Porque quienes tienen un alma sensible, perciben lo que otros no.

—Dos cervezas más, por favor —pidió Adrián al camarero.

—Parece que la vida no me da tregua —dijo Mateo, con la mirada hundida en su vaso—. Justo cuando empiezo a sentirme un poco mejor aquí, ahora tengo que regresar a Lima. Todos mis recuerdos están enredados allá. Momentos buenos, sí, pero también los peores. Y aún no estoy listo para caminar por las calles que me recuerdan a Nicolás. Cuanto más lejos estoy, mejor me siento.

—Vamos, Mateo, no te me caigas ahora. Tú eres mucho más fuerte de lo que crees —dijo Adrián con esa voz firme que siempre parecía tener las palabras exactas.

Mateo no lo dijo, pero recordaba claramente haber escuchado esa misma frase, dicha por Adrián años atrás, cuando defendió al niño afuera del colegio tras una pelea con tres matones.

—¿Cómo haces para estar siempre tan seguro de tus decisiones? —preguntó, como si no pudiera evitar la necesidad de entenderlo.

Adrián sonrió.

—¿Quién te dijo que siempre estoy seguro?

—No lo sé. Así pareces, al menos.

—Mira, si te contara todas las veces que me he equivocado, se derretiría toda la nieve antes de terminar —dijo, soltando una risa breve—. Lo que pasa es que tú estás confundiendo seguridad con determinación. Yo tomo decisiones, y una vez que las tomo, no miro atrás. No hay espacio para el arrepentimiento. Si cometo un error, lo acepto. Y sigo. Como en una bicicleta: si dejas de pedalear, te caes. Y una bicicleta solo va hacia adelante.

—¿Y si ese error afecta a otras personas?

—Acá lo llaman «casualties». Ya sé que suena insensible. Pero creo que estamos en este mundo por muy poco tiempo. Y nuestra misión es vivir. Disfrutar. Para eso, hay que pensar primero en uno mismo. Hay personas que dedican toda su vida a hacer felices a otros… y se olvidan de sí mismos. Cuando se dan cuenta, ya es tarde. Para mí, eso es un desperdicio de vida.

—Entiendo lo que dices, pero también suena egoísta.

—Puede ser. Pero sigo creyendo que solo si tú estás bien contigo mismo, el resto se acomoda. Y las personas correctas llegarán. Por eso mis decisiones parecen claras. No porque lo sean, sino porque yo elijo vivir sin mirar atrás. Aunque, claro, sé que no es fácil.

—¿Nunca te sientes solo?

—Cuando estás bien contigo mismo, nunca estás solo. Pero déjame decirte algo más. El día en que tomes el control total de tu vida, ese día dejarás de culpar al resto por lo que te pasa. Tú decides. Siempre. Y eso, Mateo, va primero.

Mateo bajó la mirada. Luego levantó su vaso.

—Bueno, Adrián. No sé si estoy de acuerdo con todo, pero al menos tienes claro en lo que crees. Y eso ya me da envidia. Así que… ¡Salud por eso!

Adrián sonrió, y los vasos chocaron con un sonido breve, pero lleno de complicidad.

—Voy a extrañar estas conversaciones —añadió Mateo—. ¿Tienes pensado volver a Lima?

—¿Volver a Lima? —repitió Adrián, pensativo—. No lo creo. Al menos no pronto. No sé qué vendrá, pero acá estoy bien. Mañana viajo a San Francisco por un proyecto. Solo unas semanas. Sophia se queda en la casa. Le pedí que los apoye en lo que necesiten.

—Vaya… no sabía que viajabas tan pronto. Qué mala coincidencia todo esto. Pensé que te vería otra vez antes de irme.

—Mira el lado bueno. Nos reencontramos. Y ahora sabes dónde encontrarme. Si algún día decides volver, ya tienes casa.

—Gracias, Adrián.

Siguieron conversando durante horas. No supieron en qué momento la noche los envolvió por completo. Fue el dueño del bar quien les anunció que era hora de cerrar. Salieron juntos. Se abrazaron con fuerza. Y prometieron mantenerse en contacto.

Mateo caminó de regreso al tráiler. La calle estaba vacía, el cielo oscuro. Las estrellas lo acompañaban. Y en el horizonte, el amanecer ya insinuaba su llegada. Apretó el paso. No quería que el día lo alcanzara todavía.

★★★★★

Mateo tenía el día libre y durmió hasta casi el mediodía. Al levantarse, fue directo al comedor. Natalia seguía allí, sentada en la misma posición en la que la había dejado la noche anterior, revisando papeles con idéntica concentración. La escena no había cambiado. Solo la luz era distinta.

—Buenos días. ¿Sigues viendo los viajes? —dijo Mateo, mientras se frotaba el rostro para espantar el sueño.

—Mira, creo que esta es la mejor alternativa —respondió sin apartar la vista de los papeles—. Podríamos salir mañana mismo y llegaríamos el domingo por la noche. Puedo confirmar la compra ahora mismo, hay disponibilidad. ¿Qué opinas?

Pasaron varios segundos antes de que Natalia, absorta, notara el silencio.

—Disculpa, no escuché qué me dijiste. Debo de estar muy distraída.

—No dije nada.

—Te pregunté qué opinas de este vuelo, el que sale mañana…

—Sí escuché la pregunta —interrumpió Mateo con voz cortante.

—¿Entonces?

—No puedo ir a Lima.

Natalia levantó la cabeza. Ahora sí lo miraba de frente.

—¿Cómo que no puedes ir a Lima?

—No puedo regresar allá. Por favor, entiéndelo. No puedo volver a todo lo que me recuerda a Nicolás.

—¿Entenderlo? Vinimos hasta acá por ti. Todas las decisiones que hemos tomado giran en torno a ti. Si fuera al revés, ¿crees que siquiera lo pensaría un segundo?

—No lo dudo —dijo Mateo, y en su voz, por primera vez, se oyó la culpa sin defensa.

—No lo dudas… y aun así no vas a acompañarme. No hay nada más que decir.

Natalia recogió los papeles, los dejó sobre la mesa y se fue a la habitación. No lloraba. Había llorado tanto en los últimos días que ya no le quedaban lágrimas. Solo una desilusión seca, como un hueco adentro. Nunca imaginó esa reacción de Mateo. Lo que sintió no fue rabia, fue pérdida. Pensó en Adrián, con esa frialdad sutil que tan bien sabía disfrazar de afecto. Estaba segura de que había influido en él. Pero ¿para qué mencionarlo? Sería discutir en círculos. Mateo ya era grande para tomar sus decisiones. Y esa, con o sin influencias, era suya.

Mateo se quedó en el comedor, inmóvil. La puerta de la habitación cerrada era el límite visible de lo que acababa de romperse. No entendía del todo lo que había pasado. Solo sabía que acababa de tomar una decisión sin retorno. Ni a Lima. Ni al pasado. Ni al corazón de Natalia.

Esa tarde, escapó. Aunque tenía el día libre, fue al taller y le pidió a Milan quedarse unas horas para ayudar con el trabajo acumulado. No hubo preguntas. Tampoco explicaciones.

Al final del día, regresó al tráiler. El comedor estaba en orden. Ya no había papeles sobre la mesa. Solo una maleta roja en la sala: la de Natalia. Fue a la habitación. Ella dormía. Se acercó despacio, se recostó a su lado y le dio un beso en la cabeza. En ese instante, una lágrima suya cayó justo cuando otra, silenciosa, resbalaba por el rostro de Natalia hasta la almohada. No hubo palabras.

★★★★★

Cuando despertó al día siguiente, Natalia ya no estaba. Se incorporó de golpe. Fue a la sala: la maleta roja había desaparecido. Sintió un nudo en el estómago. Buscó en el baño. Salió al exterior. Nada. Volvió a entrar.

La puerta estaba entreabierta. El viento entraba con un leve crujido, como si algo invisible también se despidiera.

Sobre la mesa del comedor, una nota doblada con su nombre:

Mateo,
Mientras lees este mensaje, ya estoy camino al aeropuerto. No pude despedirme. Simplemente no pude.

¿Cómo decir adiós a quien no quiero dejar atrás? ¿Cómo despedirme de alguien que tiene un pedazo de mi corazón?

Pero quédate con ese pedazo. Es tuyo. Te lo ganaste. Te lo dejo en señal de mi amor por ti.

Lo único que quiero es que seas feliz.

Natalia

Mateo se dejó caer en la silla. El cuerpo le pesaba como si cada hueso acusara una culpa distinta. Se sentía miserable. Más que ayer. Más que nunca. Se sentía sucio. Frío. Como si hubiera defraudado no solo a Natalia, sino a sí mismo. Y aun así, no quería regresar a Lima. Había antepuesto su bienestar al de ella. Había elegido no sufrir. Y en eso —lo supo de inmediato— se parecía más a Adrián de lo que le gustaba admitir. Con una diferencia: Adrián no sentía remordimiento. Él sí. Y tratándose de Natalia… la buena y linda Natalia, eso lo hería más.

Ese día, Mateo canjeó el dolor por frialdad. El peor trato que puede hacerse en la feria de la vida.

Fue al baño. Se echó agua en la cara. Se enjuagó las lágrimas, pero no la vergüenza. Al alzar la mirada, se vio en el espejo. Y se asustó. Retrocedió, como si esa imagen fuera ajena. Estaba demacrado. La piel tenía un matiz ceniza. Apenas distinguía sus propios rasgos, ahora vencidos.

No quiso mirarse más. Desde ese día, evitó los espejos. Porque entendió que se había convertido en alguien que no era él. Y lo peor… es que no sabía quién era ahora.

IV

Los días que siguieron fueron idénticos entre sí. Mateo caminaba cada mañana hacia el taller, con paso lento, a veces acompañado por un coyote solitario que desaparecía tan silenciosamente como llegaba. Los árboles permanecían ahí, inmóviles, altos y estoicos. La montaña conservaba su autoridad indiscutible, y el lago, su protagonismo. Todo seguía igual. Todo, menos él.

Hablaba poco. Evitaba el contacto. En unas pocas horas, había perdido a Natalia y a Adrián. Solo le quedaba Milan, cada día más enfermo; hablaba cada vez menos, perdía el hilo de sus historias. Empezaba frases que ya no sabía terminar. Se le escapaban los hilos del relato, como si las palabras se le disolvieran en la memoria. Y eso bastaba para que a Mateo le doliera el pecho. Verlo así lo conectaba con algo que aún no había perdido: la capacidad de preocuparse. De querer. Le dedicaba el mayor tiempo posible. Le ayudaba en todo lo que podía, aunque fuera poco. Al menos eso le daba algo de sentido.

Por las noches, salía solo al bar del pueblo. No hablaba con nadie. No buscaba compañía. Se sentaba, pedía una cerveza, y la bebía despacio, como si ese líquido frío pudiera limpiarlo por dentro. Después regresaba caminando entre los árboles, sobre la nieve que crujía bajo sus pasos. A veces levantaba la cabeza y contaba las estrellas, como si buscara respuestas en el cielo. Y así pasaban los días. Indistintos. Apáticos. Tan iguales que había perdido noción del calendario. Ya no sabía si era martes o sábado. Y, en verdad, no le importaba.

Seguía evitando los espejos, por miedo a verse y confirmar que el rostro que habitaba ya no era el suyo.

Una de esas noches, mientras pedía otra cerveza en la barra, sintió que alguien se apoyaba a su lado. No miró de inmediato. Pero reconoció la voz.

—Pensé que te habías ido.

—¡Sophia! —dijo, sorprendido—. No te había reconocido.

Ella sonrió, girándose apenas hacia él. Le tocó brevemente el brazo, con familiaridad.

—¿Decidieron quedarse?

—Natalia se fue. Yo me quedé.

—Oh… entiendo —dijo con tono suave, casi en un susurro—. ¿Y te quedarás más tiempo en Lakeshore?

—No lo sé, la verdad. No tengo claro qué será de mí mañana, mucho menos en una semana.

Sophia lo miró con una mezcla de ternura y determinación. Luego, sin pedir permiso, decretó:

—Bueno, si estás tan perdido, entonces yo decidiré por ti. Mañana harás algo distinto.

—¿Así de simple?

—Sí. Porque tú no tienes idea de lo que quieres, y yo sí sé qué es lo mejor para ti —bromeó, dándole un pequeño empujón con el hombro—. Vas a conocer la mejor vista del lago. Pero no es fácil llegar. Así que anda a descansar temprano, prepara tus zapatillas para caminar, y paso por ti a las siete. Estoy segura de que te hará bien.

Mateo la miró, entre incrédulo y agradecido. Hacía días que nadie tomaba una decisión por él.

—Parece que no tengo opción.

—No la tienes —dijo Sophia, sonriendo—. Y no me hagas esperar.

—Estaré listo a las siete. Nos vemos mañana.

Terminó su cerveza en silencio. No sabía qué le había impactado más: la determinación de Sophia o la ligereza con que lo había sacado, sin esfuerzo, del bucle de su rutina. Había algo en su forma de hablar —clara, directa, firme— que lo desarmaba. Como si por un momento alguien más se hiciera cargo de él.

Y se dejó llevar por eso. Salió del bar con las manos en los bolsillos, la nieve cediendo bajo sus pies. Al abrir la puerta, un leve crujido de la madera rompió el silencio de la noche. El aire frío le golpeó la cara, como un recordatorio de que aún estaba vivo. Pensó en Sophia. Y en que quizá no era una mala idea, después de todo, conocer algo nuevo. Salir del encierro. Aunque fuera por unas horas.

Se fue a dormir con una sensación que ya no recordaba: entusiasmo.

Sophia tocó la puerta exactamente a las siete. Mateo ya estaba listo desde las seis y cuarenta y cinco, mirando el reloj. Subieron a la camioneta Ford de Adrián y recorrieron el borde del lago durante unos veinte minutos. Luego, el camino se internó por el bosque, por una ruta que él jamás había transitado, pero que Sophia parecía conocer de memoria.

A pesar de llevar pocos meses en Lakeshore, ella era una exploradora nata. Había caminado ya cada sendero de la zona y estaba convencida de que aquel lugar era el que ofrecía la mejor vista del lago.

En el asiento trasero viajaba un estuche con una cámara Canon y varios lentes que Mateo no sabía para qué servían, pero que daban al viaje un aire de expedición seria. Él simplemente se dejaba llevar. En sus piernas, el mapa abierto era más un adorno que una herramienta: no entendía nada. Sophia se daba cuenta y le lanzaba sonrisas mientras le hacía preguntas que él respondía con inseguridad. Nunca logró descifrar el rumbo, pero ella supo llegar.

Estacionaron en un claro rodeado de árboles altos. A partir de allí, tocaba caminar. Mateo cargó una mochila pequeña con agua y alimentos; Sophia llevó la cámara. La subida duró casi una hora. El sendero era inclinado, exigente, y la densidad del bosque impedía ver el cielo. La nieve cedía con un leve crujido bajo sus pasos. Los rayos de la mañana se colaban entre las ramas, proyectando haces de luz que hacían parecer la caminata parte de un sueño suspendido en el aire.

Sophia iba delante. Él la seguía sin hablar, atento a cada paso, hasta que de pronto los árboles se fueron abriendo, y apareció, al fondo, un azul intenso. Mateo se detuvo un segundo. Supo, sin necesidad de palabras, que ese matiz no se le borraría jamás. Siguieron caminando hasta llegar al borde de un acantilado. Desde allí, el lago se desplegaba en toda su inmensidad. Al otro extremo, la montaña se alzaba solemne, cubierta de la luz cálida de la mañana. Lo que no era agua, ni montaña, ni cielo, eran árboles: miles de ellos. De verdes distintos, de sombras cambiantes según los tocaba el sol.

Era una vista magnífica. Tal vez la más hermosa que Mateo había presenciado jamás. Se quedó quieto. Dejó la mochila en el suelo y se sentó. Lo invadió una sensación de pequeñez. Allí, frente a aquella demostración de poder natural, sus problemas se desdibujaban. Por un instante, creyó que eran menos de lo que siempre había pensado. Pensó: «¿Qué somos en el universo? ¿Qué pesa una vida frente al tiempo cósmico? ¿Qué tamaño tienen nuestros miedos vistos desde la luna? ¿Desde Júpiter? ¿Desde un millón de años luz?».Y se preguntó si realmente aquella avalancha interna merecía tanto espacio.

Sophia tomaba fotos sin parar. Buscaba ángulos, luz, encuadres. Las fotos debían ser hermosas. Seguro que sí.

—Bueno —dijo, girándose hacia él con una sonrisa luminosa—, ¿y? ¿Es o no la mejor vista?

—Sin duda que lo es —respondió Mateo, abrazando sus rodillas, sin dejar de mirar el horizonte.

—Sabía que te gustaría. A mí nunca deja de impresionarme.

—Gracias por traerme. Lo necesitaba.

—Aún no terminamos. Quiero mostrarte algo más. Sígueme.

Bajaron por un sendero estrecho hasta un saliente a unos diez metros sobre el lago. Una parte del agua estaba descongelada por el calor del mediodía; el resto seguía cubierto de hielo.

—Mateo… aquella noche en la cabaña, cuando hablaste con Adrián, sentí que algo te dolía. No entendí lo que decían, pero lo sentí.

—¿Adrián te ha contado algo? —preguntó él, tenso, de golpe vulnerable.

—No. Solo quiero saber si estás bien —dijo ella, tocándole el brazo con la misma sutileza con la que hablaba.

—No quiero hablar de eso ahora. Pero estaré bien. Te lo prometo.

—No tenemos que hablar —respondió, con una ternura que no forzaba nada—. Pero sé cómo puedes olvidarte del pasado. Al menos por un rato.

—¿Cómo?

—Salta.

—¿Qué? ¿Estás loca? ¡El agua está helada!

—Debe estarlo —dijo Sophia, sonriendo.

—Entiendo lo que quieres hacer, de verdad. Pero que me hayas traído hasta aquí ya es suficiente. Además, el agua congelada puede ser...

No terminó la frase. Sophia lo miró directo a los ojos, sonrió... y saltó.

Mateo se quedó paralizado. Escuchó el chapoteo. Luego, un grito de euforia.

—¡¿Vas a saltar o no!? —gritó ella, empapada, feliz—. ¡Apúrate, me congelo! ¡Quiero saber si estás vivo o muerto!

Él no dijo nada. Pero sabía que ya no podía negarse. Alzó la vista hacia la montaña. Posó los ojos en el lago. Se encontró con la mirada de Sophia, expectante. Y saltó.

Los diez metros de caída se estiraron como si el tiempo se abriera. Cuando el cuerpo tocó el agua, todo se volvió otra cosa. Mateo sintió que se partía. Que se abría. Que volvía a nacer. Abajo, abrió los ojos y vio la transparencia del lago. Era un mundo nuevo. Emergió con un grito que pareció surgir de lo más hondo. Tan fuerte que, en su mente, llegó hasta la luna. Hasta Júpiter. Hasta un millón de años luz.

Y por un momento, solo por ese momento, se olvidó de todo. Vivió en presente.

El sonido de su propia respiración lo trajo de vuelta. El frío lo raspaba por dentro, pero también lo despertaba. Nadó hacia la orilla, temblando, con los huesos congelados y el alma lavada. Sentía cada célula. Sentía el cielo. Sentía sus latidos. Y a Sophia, mirándolo desde la orilla, sonriendo como quien sabe que ha logrado algo importante.

—Apúrate, que nos vamos a congelar —dijo ella.

—¿Y ahora qué hacemos? Me muero de frío.

—En la camioneta tengo ropa extra mía y de Adrián. Corre.

Recogieron la cámara y la mochila y emprendieron el camino de vuelta corriendo. Esta vez el trayecto, que antes tomó una hora, no duró ni quince minutos.

Al llegar, Sophia le prestó la ropa seca. Ella se cambió dentro del vehículo. Él, afuera, temblando pero vivo. Encendieron una fogata y se sentaron junto al calor. Compartieron pan, fruta, galletas. Nada más. Y fue suficiente.

De regreso, Sophia manejó con confianza. Conocía el camino. Al llegar al tráiler, Mateo la miró con gratitud.

—Gracias por todo.

—Si necesitas algo, sabes dónde encontrarme.

Él asintió y entró. Se dejó caer en el sillón, puso un casete de George Harrison en el reproductor y pensó en ese día. Y lo seguiría pensando durante muchos días más.

Al día siguiente, Mateo se presentó en el taller. El olor a grasa y metal quemado lo recibió como siempre, pero hoy parecía menos áspero. Era uno de esos días extraños en los que Milan parecía tener más energía que de costumbre: iba y venía entre mesas y estanterías, con paso firme y mirada enfocada. Saludó a Mateo con un gesto rápido, casi mecánico, y le dio instrucciones del trabajo del día. Mateo tomó las herramientas sin decir palabra y se puso a trabajar de inmediato.

Al cabo de un rato, mientras afinaban las fijaciones de unos esquís, Milan le preguntó en qué fecha tenía previsto regresar a Lima. No esperaba lo que vino después.

Mateo, sin rodeos, le contó lo ocurrido. Que Natalia se había ido sola. Que él había decidido quedarse. Que no tenía planes concretos. Milan lo escuchó en silencio. No dijo nada al principio. Nunca había conocido a Natalia, pero sabía lo que significaba para Mateo. También comprendía que el muchacho estaba en medio de algo más grande, de algo que lo desbordaba. No quería decir nada que pudiera herirlo más. Bastaba con mirarlo para intuir que ya cargaba con suficiente culpa.

Había, además, otra razón por la que Milan no supo cómo reaccionar. Hasta hacía unos días, Mateo le había dicho que se marcharía pronto y, con eso en mente, Milan había solicitado un reemplazo. El muchacho llegaría al día siguiente. No era cualquier aprendiz: era el hijo de Bruce, el administrador de la tienda de alquileres. Sabía de esquí tanto como de mecánica y había aprendido a deslizarse por las pistas casi desde que caminaba. Milan no podía —ni quería— rechazarlo ahora. Todo estaba acordado.

Trató de explicárselo con claridad, aunque por dentro sentía una punzada de pena y torpeza contenida. No quería que Mateo pensara que lo estaba empujando a irse, menos ahora. Mateo lo entendió, o al menos eso le hizo creer. Le aseguró que no se preocupara. Que todo encajaba bien. Que justo le habían ofrecido cubrir el puesto de mesero que Natalia había dejado en el restaurante. Parecía una buena coincidencia, una solución inesperada.

Milan respiró más tranquilo. Le pidió que, aun así, lo visitara siempre que pudiera. Mateo prometió hacerlo. Y lo cumplió.

Desde entonces, se dejaba caer por el taller casi cada tarde, cuando el nuevo asistente ya se había marchado. Conversaban largo rato. A veces, Mateo lo ayudaba con alguna reparación menor. Se aseguraba de que no le faltara nada: ni medicinas ni alimentos. Incluso le dio algunas instrucciones al nuevo chico sobre cómo trabajar con Milan, cómo tenerle paciencia, cómo ayudarlo sin hacerlo sentir inútil.

Le explicó también que su turno en el restaurante era al mediodía, así que las tardes las tenía libres para pasar por el taller. La verdad, sin embargo, era otra. Mateo no tenía trabajo. Lo había perdido todo de golpe, sin aviso. Pero esa noticia, que antes lo habría desmoronado, ya no tenía el mismo efecto. No se sentía derrotado. Se aferraba a la idea de que algo surgiría. Que alguna salida aparecería más adelante.

Quiso creer que era dueño de sus decisiones. Que no tenía miedo. Que, quizás, estaba aprendiendo a ser como Adrián.

★★★★★

En las semanas siguientes, además de visitar a Milan, Mateo comenzó a ver con frecuencia a Sophia. Le sobraba el tiempo libre, así que a veces pasaba por su cabaña para ayudarla a cortar leña o reparar alguna cosa —era hábil con las herramientas—. Otras noches se encontraban en el Great Moose. Mateo iba casi a diario, siempre a la mesa más alejada, desde donde observaba el movimiento del bar con una mezcla de distancia y resignación. Procuraba no hablar con nadie. Solo esperaba.

Sabía que Sophia solía ir los jueves o viernes, había hecho nuevas amigas en el pueblo y se reunía con ellas esos días. Por eso, Mateo nunca faltaba ni un jueves ni un viernes. Cuando la veía entrar, algo en su actitud cambiaba. Dejaba de lado ese aire retraído. Se acercaba a saludarla y compartían unos minutos de conversación antes de que ella se rodeara de gente. Entonces, él solía inventar alguna excusa para marcharse. O simplemente se iba, sin que Sophia lo notara. Pero el rato que hablaban era siempre el mejor de su día. Sophia tenía esa manera suya de decir algo inesperado, de mirar la vida desde un ángulo que él nunca habría imaginado. Ligera, sí. Pero también perceptiva. En eso se parecía a Adrián. Solo que a Sophia, las cosas —y las personas— le importaban de verdad. A veces, incluso sentía que él le importaba.

Sophia siempre sonreía al verlo. Él se daba cuenta de que el tiempo pasaba más rápido cuando estaba con ella. Y a ella le interesaban las personas distintas, Mateo sin duda lo era. Había todo un universo girando dentro de él, aunque no siempre supiera explicarlo. A Sophia le fascinaba cuando él le hablaba de ciencia. No lo hacía muy seguido, pero su curiosidad lo animaba a contar más. Hablaban del mundo exacto, del arte y lo abstracto. Por un momento, cada uno lograba ver el mundo a través de los ojos del otro. A veces, sin embargo, Mateo no pasaba de los ojos de Sophia. Más grises que azules. Y se perdía un rato allí. Recordaba entonces lo hermosa que era. Pero, sobre todo, lo interesante.

Quizá por eso Adrián estaba con ella.

Una noche, Mateo le contó que ahora que ya no trabajaba en el resort, debía devolver el tráiler a fin de mes. Quedaban diez días. Estaba considerando regresar a Lima, aunque no lo deseara. Si no encontraba trabajo pronto, no habría otra opción. Sophia le sugirió que hablara con Adrián. Que seguro podría ayudarlo.

Siempre encontraba una salida. Mateo asintió en silencio, como quien ya sabía que era cierto.

En los días siguientes no volvieron a encontrarse. Nunca repitieron una caminata como la del lago. Ninguno lo propuso. Pero acordaron verse el próximo jueves en el Great Moose. Sería el último jueves de Mateo en Lakeshore: el sábado debía devolver el tráiler y marcharse.

Mateo llamó a Adrián al número que Sophia le había dado. Tardó tres días en ubicarlo. Cuando por fin contestó, estaba en su departamento en San Francisco. Mateo le contó todo: que Natalia se había ido, que él decidió quedarse, que estaba sin trabajo y que pronto debía dejar el tráiler. No buscaba ayuda. Solo quería compartir lo que pasaba, agradecerle por todo lo vivido en Lakeshore.

Adrián se sorprendió. Por un instante se preguntó si su presencia había influido en la decisión de Mateo. Pero no dijo nada. Le alegraba, de algún modo, que comenzara a tomar decisiones. Le propuso irse a San Francisco con él. Había un puesto en la obra: funciones administrativas, nada complicado. Necesitaba a alguien bueno con los números. Le explicó que había un bus que salía todos los jueves desde Lakeshore y cruzaba varias ciudades hasta llegar a la costa. Era su única oportunidad. Si aceptaba, tendría que irse ese mismo jueves.

Mateo colgó la llamada con una sensación confusa. Pensó toda la noche. No durmió. Regresar a Lima o seguir avanzando hacia el norte. Huir o quedarse. Enfrentar su pasado o postergarlo. Mientras más lejos, mejor —se repetía—. No podía volver. No a esa ciudad. No a esas calles. No a esa historia que aún dolía. Pensó en Nicolás. En Barranco. En el mar. En lo que dolía recordar. Y sintió fiebre. Se duchó a las tres de la mañana. Regresó a la cama con el cuerpo tibio y el alma en vilo. Pero ya lo sabía: no regresaría.

A la mañana siguiente, llamó a Adrián. Aceptó la propuesta. Iría a San Francisco. Adrián celebró la noticia. Le dijo que sería una gran etapa. Que se preparara para conocer la ciudad más fascinante del mundo. Mateo cortó la llamada con una sonrisa que le nacía desde adentro. Empezó a empacar. Faltaban solo tres días.

Entonces se dio cuenta de que no podría asistir al bar ese jueves. No se despediría de Sophia. Por un instante lo lamentó. Pero pensó que quizá volverían a encontrarse cuando regresara de San Francisco. No le dijo a nadie que se iría, salvo a Milan. A él sí. Durante los días previos lo visitó a diario. Le contó todo sobre su nuevo trabajo, sobre la ciudad, sobre el futuro que empezaba a imaginar. Milan se alegró. Lo animó a ir, aunque lo extrañaría. Sabía que era lo mejor para él.

El miércoles por la noche, su última noche en Lakeshore, Mateo había dejado el tráiler limpio y ordenado. Firmó los papeles finales, poniendo fin a su relación con el resort. El olor a madera seca y a polvo viejo le devolvió imágenes del pasado. De Natalia. De todo lo que no quería volver a recordar. Una bisagra chirrió levemente antes de ceder, como si también se negara a dejarlo partir.

Y entonces lo decidió: no lo haría; no iba a escribirle a Natalia, ni a llamarla. En el fondo, sabía que era lo mejor. Que si realmente la amaba, debía dejarla ir. ¿Cómo hacer feliz a alguien si uno ni siquiera puede quererse a sí mismo? Quizá, pensó, había

LA REDENCIÓN DE MATEO

hecho lo correcto. Quizá dejarla ir fue su único acto de amor. Tal vez no había sido un canalla. Tal vez había sido, en el fondo, un hombre bueno. Se aferró a esa idea. La creyó. La archivó en el cajón más lejano de su memoria.

Esa última noche quiso volver al Great Moose. Sentarse cerca de la estufa de hierro en el centro del bar. Mirar, por última vez, al gran alce disecado que colgaba sobre la pared de madera, justo detrás de la barra. Escuchar la música entre las voces que se fundían en una sola vibración, como si el lugar respirara con ellas.

Y ahí se quedó. En silencio. Pensando en sus primeros días en Lakeshore. Cuando el frío era un extraño que mordía. Cuando la nieve todavía lo sorprendía. Cuando caminar entre los árboles era una forma de aprender a estar solo sin hundirse.

Pensó en los coyotes, en su compañía muda. Pensó en Milan, en el olor a grasa y metal caliente del taller, en su mirada fatigada, pero atenta.

Se hizo una promesa sin fecha: volvería. Algún día regresaría a despedirse de Milan antes de enfrentar lo que le esperaba en Lima. Si es que algún día encontraba la fuerza para hacerlo.

Recordó también el acantilado en el lago. El salto. La risa de Sophia mientras lo animaba desde la orilla. El cielo. El azul. Los gritos bajo el agua. La libertad repentina.

Sonrió. Y justo en ese instante, Sophia cruzó la puerta del bar.

Por un momento pensó que el recuerdo se había mezclado con la realidad. Era miércoles. Ella nunca iba los miércoles. Pero ahí estaba. Avanzando entre la gente, con la misma cadencia que en su memoria.

La vio en cámara lenta. La luz del bar se reflejaba en su pelo castaño. Ella sonreía. Y él la siguió con la mirada mientras se apoyaba, de espaldas, en la barra, rodeada de sus amigas.

Entonces, sus ojos se encontraron. Y en ese cruce breve, denso, el tiempo pareció detenerse. Una de esas miradas con atmósfera propia.

Ella se separó del grupo y caminó hacia la puerta que daba a la terraza. Un espacio casi siempre vacío, por el frío y la penumbra.

Volvió a mirarlo antes de cruzar la puerta.

Él se puso de pie. Caminó hacia la puerta. La abrió. El aire helado le golpeó el rostro.

Sophia estaba recostada en una pared, bajo un farol de luz tenue. Parecía esperarlo.

Él se acercó. Las palabras se habían borrado del mundo.

La besó primero con la mirada. Después con los labios.

Nadie se resistió.

Ambos sabían que estaba mal. Ambos lo desearon. Ambos fueron cómplices.

Ella traicionaba a Adrián. Él se traicionaba a sí mismo. Una vez más.

—Debo irme —susurró Sophia, como quien le da permiso al mundo para volver a hablar.

—Yo también debería irme.

—Adiós, Mateo —dijo, separándose de él con una última sonrisa.

—Adiós, Sophia —respondió, sin dejar de mirarla mientras se alejaba, lenta, hacia la puerta.

Antes de entrar, ella se volvió hacia él.

—A veces el cielo es gris, pero eso no significa que el sol no haya salido. A veces solo hay que esperar a que se despejen las nubes. Tienes una bonita sonrisa, deberías usarla más seguido.

Él esbozó una. Pequeña.

Sophia desapareció tras la puerta.

Mateo bajó por las escaleras que llevaban a la calle posterior del bar. No sabía si volvería a verla. Sabía, en cambio, que lo que acababa de ocurrir no volvería a pasar. Lo supo con claridad. Como se sabe, lo irreversible.

No entendía del todo lo que había pasado.

Se sintió bien, sí. Como si hubiera jugado a ser Adrián durante unos minutos.

Pero también sintió vértigo. Porque Sophia era especial. Para cualquiera. Incluso para él.

Caminó hacia el tráiler sin rumbo claro en la cabeza. ¿Cómo iba a mirar a Adrián a los ojos? ¿Cómo iba a sentarse junto a él en San Francisco, como si nada hubiera pasado? No quiso pensarlo. No esa noche.

Pero no podía dejar de pensar en Sophia. En su mirada, su risa. En lo que habían hecho. Y, peor aún, en lo que eso significaba. ¿Cómo podría lograr ella mirar a los ojos a Adrián?

La culpa llegó como una corriente helada. Pero aún era temprano. La culpa se cocina a fuego lento.

Cuando entró al tráiler, se quitó el abrigo. Se sirvió un vaso con agua. Entonces la vio. Una carta, en el suelo, cerca de la puerta. No la había notado al llegar.

Al recogerla, reconoció de inmediato la letra de Natalia.

El estómago se le cerró. Por un instante creyó que lo habían descubierto. Que la carta diría algo sobre Sophia.

Pero enseguida recordó que aquello había pasado solo una hora antes.

Y que las cartas, desde Lima, tardaban días.

Pero la culpa no entiende de lógica.

La culpa inventa.

Abrió la carta.

Mateo,

¿Cómo estás? Espero que bien. De verdad. Eso quiero para ti.

Perdóname por irme sin despedirme. No habría soportado ese momento.

Aún pienso en ti. Todos los días. Fue bueno regresar a Lima a tiempo.

Pude ver a mi abuelo en sus últimos momentos. Murió hace dos días.

Estoy triste. Pero también en paz por haber podido despedirme.

En su testamento me dejó la casa del valle en Cuzco. ¿La recuerdas? Claro que sí. Te hablé tantas veces de ella que probablemente te cansé.

En su testamento escribió que no podía imaginar a nadie más feliz en esa casa que a mí. Y que nunca sabría cuánto me quiso. Pero sí lo sé. Porque es el mismo amor que yo sentía por él.

No sé qué haré con la casa. Por ahora viajaré a verla. Quizá la alquile para que no se deteriore.

Mateo, nunca dudes de cuánto te quiero. Nunca.

Espero que encuentres el camino que te haga feliz.

Natalia

Mateo apretó la carta entre los dedos, sin darse cuenta. Hubiera preferido ser descubierto. Hubiera preferido que la carta lo acusara.

Pero no. Era Natalia. Siendo siempre noble. Siempre buena. Siempre amándolo, incluso ahora.

—Maldita sea… —susurró, sintiendo el peso del remordimiento en la garganta.

La culpa, ahora sí, lo tomaba del cuello.

Solo tenía dos opciones: confesarle a Adrián lo ocurrido, o callar para siempre. Vivir con ello. O hasta que alguien lo descubriera.

Tenía que decidirlo esa noche. Una noche más de insomnio.

Eligió el silencio.

★★★★★

Al día siguiente, tomó el bus rumbo a San Francisco.

Se sentó junto a la ventana. El vidrio estaba frío.

Del otro lado, el lago. Lo miró por última vez.

Se acomodó la máscara invisible. Y se preparó para el siguiente acto como protagonista de su vida sin guion, ni dirección.

V

Cuando por fin llegó al terminal de buses de San Francisco, tras horas interminables de carretera, Mateo lo vio. Adrián estaba allí, esperándolo, junto a la puerta por donde salían los pasajeros. Sonreía como si nada hubiese cambiado. Su figura recortada contra la luz de la tarde tenía algo de familiar y, al mismo tiempo, de inquietante. Mateo se detuvo unos segundos antes de reaccionar al abrazo. Adrián, en cambio, lo envolvió de inmediato con la calidez de siempre.

—¿Qué pasa, hombre? ¡Tienes una cara…! ¿Te echaron a patadas del tráiler, o qué? —bromeó, riendo con esa ligereza tan suya.

—No, nada de eso. Supongo que fue el camino… resultó largo. Y anoche dormí poco —respondió Mateo, sin lograr aún recomponer su expresión.

—Ni modo. Vamos a mi departamento. Te das una ducha y luego salimos a comer algo.

—Está bien. Gracias… ¿Y tú? ¿Cómo estás?

Adrián bajó un poco el tono. Sus ojos, por un instante, buscaron algo más allá del bullicio.

—No voy a negarlo. Lo de Sophia me tomó por sorpresa.

La frase cayó como una piedra. Mateo sintió una punzada seca en el pecho. Las náuseas regresaron, imprecisas, como una marea tenue pero insistente. Todo giraba levemente, y sin embargo él debía mantenerse de pie; responder como si el mundo no se le hubiese desmoronado.

—¿Qué pasó con Sophia? —preguntó, esforzándose por modular la voz.

—Hace unos días me dijo que volvía a Los Ángeles. De hecho, hoy mismo regresaba, mientras tú venías hacia aquí. Pensé que lo sabías. Me comentó que se habían visto algunas veces.

—Sí… nos cruzamos un par de veces. Pero no, no me dijo nada sobre irse.

—Bueno, tampoco era algo que tuviera por qué contarte. Ustedes no se conocían tanto. Supongo que esperaba que yo lo hiciera. Terminamos bien. Ella nunca se adaptó del todo a Lakeshore, y surgió una buena oportunidad en Los Ángeles. Su padre le consiguió un contacto en una galería, para exponer.

—Entiendo… ¿Y tú cómo lo llevas?

—Estaré bien. Era una buena chica. Me gustaba, sí, pero ya me conoces —respondió Adrián con esa serenidad, ese aplomo inquebrantable que parecía protegerlo de cualquier derrumbe—. Hoy hablamos por última vez. Coordinamos algunos detalles sobre la cabaña. No sé… la sentí distinta, como más lejana. ¿La notaste rara cuando la viste?

—No, la verdad… no —mintió Mateo, tragándose la culpa como si fuera una piedra con filo. Solo quería que esa conversación acabara.

—Bah… Siempre pasa. Cuando uno termina, todo se vuelve extraño. Ya estamos llegando. Comemos algo, y mañana te llevo a conocer la ciudad. Cuando la veas de día, no vas a creer lo hermosa que es.

Cada minuto de ese trayecto le pareció eterno. Mateo no sabía cómo iba a sobrevivir tantos días junto a él. La culpa lo corroía por dentro; nacía en el centro de su cuerpo y se expandía como una mancha tóxica hacia cada rincón. No se había permitido pensar en Natalia. Ella estaba lejos, en otro tiempo. Había decidido cerrar ese capítulo. Pero Adrián… Adrián estaba allí, a su lado, manejando con naturalidad el Toyota que le habían asignado mientras estuviera en San Francisco.

El departamento era pequeño, céntrico, bien ubicado. Tenía una sola habitación. Adrián dormía allí, mientras que para Mateo había dispuesto un sofá cama en la sala. Compartían un solo baño. El espacio era suficiente, aunque a Mateo le parecía que cada rincón estaba ocupado por algo invisible. La culpa lo estrechaba todo. Esa noche comieron algo ligero y se acostaron temprano. El cansancio, al final, pudo más.

★★★★★

Al día siguiente, cumpliendo su promesa, Adrián lo llevó a recorrer la ciudad. Pasearon por sus calles en pendiente, entre casas victorianas, parques inmensos y espacios vibrantes. El Golden Gate Park le pareció un universo aparte.

Luego tomaron una avenida recta que desembocaba en la marina. Los muelles rebosaban de embarcaciones que se mecían al ritmo de la brisa. Al fondo, como una visión que se revelaba poco a poco, apareció el puente: el Golden Gate. Inmenso. Rojo. Perfecto. Una obra donde el arte y la ingeniería pactaban un equilibrio sublime. «Icónico», pensó Mateo, sin saber de dónde le venía esa palabra, ni por qué le calzaba tan bien a ese instante.

Bajó la ventanilla. El aire frío le golpeó el rostro. Sacó la cabeza, contemplando cómo los cables del puente pasaban junto a él, como líneas de tiempo entrelazadas. Sintió que podía cruzar dimensiones. Cruzaron el puente. Subieron por una colina y tomaron una salida sin que Mateo preguntara nada. Adrián detuvo el auto junto a un mirador.

—Vamos, Mateo. Este es mi lugar favorito. Quiero que lo conozcas.

Bajaron. El viento marino los recibió con fuerza.

Se apoyaron en la parte delantera del coche, en silencio. El cuadro frente a ellos parecía una pintura viva: la ciudad, la bahía, el puente entero enmarcado por nubes móviles y la luz suave de una tarde irrepetible.

—Es… increíble, Adrián. Nunca había visto una ciudad así.

—Te dije que te iba a gustar.

No apartaron la vista. Como si los ojos pudieran absorberlo todo, grabarlo. Como si bastara con mirar para que algo en su interior se acomodara, aunque solo fuera por un instante.

—¿Qué hay en esa isla pequeña, en medio de la bahía? —preguntó Mateo, con la mirada fija en el perfil solitario que emergía entre la bruma.

—Alcatraz —respondió Adrián, sin dejar de observar el horizonte—. Fue una prisión de máxima seguridad. Ya no está en funcionamiento.

—Cierto… Había olvidado que estaba aquí. Conozco su historia.

Adrián asintió, como quien revive un recuerdo.

—Una vez fui a conocerla. Dudé bastante antes de ir. Le tengo terror a las cárceles. Sentí escalofríos mientras caminaba entre los pabellones. Las celdas… tan pequeñas. Tan frías. ¿Qué puede ser peor que perder la libertad? ¿Se te ocurre algo?

—No lo sé. Nunca lo he pensado en serio. Pero hay tanto sufrimiento en el mundo que tal vez sí exista algo peor.

—Para mí, no lo hay. Si algún día perdiera mi libertad, sentiría que he dejado de ser yo. Un ser humano. La libertad es mi esencia. Sin ella, sería como estar muerto. Y estoy seguro de eso. Nunca acabaré encerrado en una cárcel.

—No creo que alguna vez estés en esa situación. Puedes estar tranquilo.

—¿Sabes qué fue lo que más me impactó de Alcatraz? —Adrián bajó un poco la voz, como si lo que viniera a continuación le exigiera precisión—. El comedor. Es un salón enorme, está en la parte más alta de la isla. Desde allí se puede ver toda la bahía, el puente, San Francisco entera. Las ventanas son grandes, casi panorámicas, pero con barrotes. La ciudad se ve tan cerca… y a la vez tan inalcanzable. Recuerdo que le pregunté a uno de los guardias por qué habían puesto ventanas así, tan abiertas, con esa vista tan impresionante. Y me respondió: «Para que cada día de sus vidas recuerden lo que perdieron. Para que puedan ver su libertad… pero solo a lo lejos». ¿Te imaginas peor castigo que ese?

Mateo guardó silencio. Sentía el eco de cada palabra resonar dentro de su pecho.

—Esta vista es hermosa, Mateo. Pero la mejor vista de toda la bahía, la más brutal y perfecta, está en ese comedor de Alcatraz. Frío. Triste. Diseñado por alguien con alma de verdugo. Esas ventanas no están hechas para mirar, sino para atormentar. Nunca las voy a olvidar.

—Tal vez lo merecían. No sabemos de qué eran capaces esos presos. Si yo encontrara al asesino de mi hermano, querría que se pudriera ahí dentro. Sin remordimientos.

—Lo entiendo. No lo había pensado así. Pero eso que te conté… para mí es una pesadilla. Aun así, comprendo tu punto. Quizá ese tipo de castigo es una forma de expiar los pecados. Yo no me siento con derecho a juzgar a nadie. Para eso está la ley. Y si en algún rincón cabe el perdón… bienvenido sea.

—Hay cosas que no se pueden perdonar— Sentenció Mateo.

—Lamentablemente, sí. ¿Sabes qué es algo que yo nunca perdonaría? —Adrián hizo una pausa breve, apenas perceptible—. Una traición.

Mateo sintió un vuelco en el estómago. El mundo se desdibujó por un segundo, como si lo hubiera alcanzado un rayo invisible. Quedó mudo, paralizado. Las náuseas regresaron. No eran como antes: esta vez ardían. Tragó saliva con dificultad. Un leve calor le subió por el cuello y le tiñó las mejillas. Pasó, en un instante, de espectador moralista a acusado en juicio. Alguien acababa de derribarle el alfil, y la amenaza de un jaque mate inminente lo dejaba sin aliento.

—Te quedaste callado —dijo Adrián, mirándolo por primera vez a los ojos.

Mateo carraspeó, como si algo se le hubiese atascado en la garganta.

—Perdón… me distraje. La vista me hipnotizó. Este mirador es increíble —respondió Mateo, bajando el tono de voz, esforzándose por desviar la conversación. Su frente comenzaba a humedecerse. Intentó sonreír, pero le temblaban ligeramente las comisuras.

—Bueno… ¿y tú lo harías? —preguntó Adrián, sin quitarle la mirada.

—¿Hacer qué?

—¿Perdonarías una traición? De eso estábamos hablando.

LA REDENCIÓN DE MATEO

Mateo respiró hondo, sintiendo cómo se le tensaban los músculos del cuello. Evitó mirarlo de frente.

—No lo sé. Supongo que depende. Habría que entender las circunstancias, el porqué. Y sobre todo… quién fue. Cuánto lo estimabas. Qué se rompió. Como tú dijiste, el perdón solo puede existir si hay espacio para él.

Adrián esbozó una media sonrisa, sin rastro de ironía.

—Vaya. Hace un rato estabas condenando a los presos de Alcatraz al peor de los tormentos, y ahora te muestras indulgente con los traidores. Pero creo que entiendo lo que estás pensando.

—¿Ah, sí? ¿Qué crees que estoy pensando?

—Que los traidores siempre acaban saliendo a la luz. O los descubren, o terminan confesando. Mi padre decía: «Es la confesión, y no la penitencia, lo que otorga la absolución». Solo puede haber perdón si hay verdad. En eso coincidimos.

Las palabras golpearon a Mateo con precisión quirúrgica. No era el miedo al castigo físico lo que lo paralizaba. Era el terror a perderlo. A perder a Adrián. La culpa arde más cuando está ligada al miedo de perder a alguien que quieres. Sintió una necesidad súbita de decirle la verdad. Toda. Cada detalle de lo ocurrido con Sophia. Pero no pudo.

Notó que su respiración se volvía más superficial, casi entrecortada. Se aferró al silencio como quien se aferra a una tabla en altamar. Rezaba, sin fe, para que Adrián no supiera nada. Ni hoy ni nunca. Que el tiempo hiciera su trabajo, que el olvido barriera con los escombros. Sophia quedaría atrás. Todo pasaría. Solo tenía que resistir un poco más.

—Bueno, vamos. Está empezando a hacer frío, y cuando cae la tarde aquí, se pone gélido. Es mejor ir a descansar. Mañana empiezas a trabajar. Esta noche te explicaré tus funciones. Te hará bien volver a la rutina —dijo Adrián, dándole una palmada ligera en el hombro.

—OK. Gracias por todo. De verdad.

—Nada que agradecer, Mateo. Para eso estamos los amigos.

Subieron al auto y tomaron el mismo camino de regreso. Cruzaron el puente, las mismas calles, los mismos árboles inclinados por el viento. Todo parecía un reflejo invertido de lo que ya habían recorrido. Pasaron junto a los parques.

Llegaron al edificio de Adrián. El día se apagó sin sobresaltos. Cenaron. Adrián le explicó los detalles del trabajo, tal como había prometido, y se fue a dormir. Mateo, en cambio, permaneció despierto mucho rato. La noche le pesaba en el cuerpo y en la cabeza. Cerraba los ojos, pero no lograba desconectarse. Le ardían los ojos. Las sábanas se le pegaban a la piel. El colchón parecía inclinarse.

Finalmente, cuando el cansancio lo venció, durmió unas tres horas. Nada más. El despertador sonó como un golpe seco, y volvió a ponerse en marcha.

★★★★★

Habían pasado tres semanas. El trabajo no le resultaba difícil. Tenía facilidad para los números y, a diferencia del taller de esquís, aquí pensaba más con la cabeza que con las manos. Eso, al menos durante el día, lo mantenía a raya: hacía cálculos en vez de pensar si debía confesar o no.

Los días transcurrían de la misma manera. Madrugaban, trabajaban sin pausa para cumplir con los plazos y los costos del proyecto. Adrián estaba a cargo del edificio; Mateo lo asistía en el control técnico y financiero. Hablaban solo de trabajo. Se detenían apenas para almorzar. Por las noches regresaban al departamento agotados, cenaban en silencio y se dormían sin cruzar más palabras.

Mateo, ahora sí, dormía. El cansancio lo arrastraba hacia abajo sin piedad. Tenía un solo día libre: el domingo. Lo habían acordado así desde el inicio. Incluso le convenía; ganaba algunos dólares extra por trabajar seis días a la semana. El ritmo era brutal, pero eficaz. El pensamiento de Sophia comenzaba a desdibujarse entre horarios y reportes.

Un domingo, Mateo le dijo a Adrián que saldría a caminar y a hacer algunas compras. Se alejó sin prisa. Cruzó un par de calles; pasó por un parque cercano y se sentó en una banca bajo la sombra. A lo lejos, un perro ladraba con desgano, el viento movía las hojas secas de la vereda, como si barriera sin apuro. Un zumbido grave, persistente, llenaba el aire. Y sin embargo todo parecía en pausa. El silencio fue demasiado. Un hueco. Una espera.

De pronto, sintió una urgencia; la necesidad imperativa de llamar a Milan. Hacía días que no hablaban. Con certeza, más de una semana. Al llegar a San Francisco lo había llamado un par de veces, pero luego el trabajo se lo tragó todo.

Sacó del bolsillo una pequeña libreta arrugada. La abrió. Buscó el número escrito a mano. Caminó hacia un teléfono público, marcó. El tono sonó dos veces. Contestó una voz joven, conocida de alguna forma.

—¿Hola?

—Hola. Soy Mateo. Quisiera hablar con Milan.

—No va a ser posible, Mateo. Pensé que ya lo sabías... Milan murió hace cinco días.

Mateo se quedó helado. Apretó con fuerza la libreta, que aún sostenía en la mano. No emitió palabra. La voz que hablaba —lo comprendió recién entonces— era la del hijo de Bruce, quien llevaba varias semanas apoyando en el taller. El muchacho sonaba sereno, como si ya hubiera repetido esa noticia demasiadas veces.

Sabía que Milan estaba enfermo, pero nunca imaginó que podía morir así, tan de pronto. Sintió una tristeza profunda. Un remordimiento punzante. No haber estado con él en sus últimos días. No haber llamado cuando dijo que lo haría. Lo imaginó solo, abandonado. Pero también recordó aquellas palabras suyas. Que estaba listo. Que esperaba la muerte en paz. Y quiso creer —aunque no pudiera— que Milan se había ido junto a Magda, bajo un árbol en Praga, en una tarde de verano. Ese pensamiento, aunque precario, le ofreció un respiro.

—No lo sabía... Lo lamento mucho. ¿Sabes si sufrió? ¿Hubo una ceremonia?

—Murió dormido. Los médicos dijeron que no sufrió. Hubo una pequeña ceremonia. Al día siguiente lo enterraron. Fue poca gente.

—OK... Gracias por decírmelo... Adiós —dijo Mateo con la voz apagada. No había más que decir. Y lo sabía.

Se quedó un momento mirando la vereda. El sol pasaba entre los árboles, pero no lograba tocarlo. Había escapado de Lima huyendo de sus demonios, pero lo habían seguido. No importaba el continente, ni la ciudad. Lo entendía ahora: esos demonios tenían pasaporte. Lo acompañarían hasta el rincón más remoto de Alaska si fuera necesario.

Y justo cuando había empezado a sentir algo de calma. Cuando la vida en California comenzaba a tomar forma. Perdió a Natalia. Perdió su trabajo en el taller. Traicionó a Adrián. Murió Milan.

La avalancha lo terminó de sepultar. No quedaba fuerza. Los mareos ya no estaban, porque había dejado de luchar contra ellos. Ahora todo lo veía con un filtro sucio. Como si el mundo estuviera detrás de un vidrio opaco.

No entendía por qué. Por qué tanto. Por qué ahora. Aún no comprendía que todo aquello era consecuencia de sus propias decisiones. Aún no asumía que había soltado las riendas. Que Adrián tenía razón: solo quien toma sus decisiones es dueño de su destino. Pero ¿cómo tomar las riendas si no se sabe quién es?

Caminó sin rumbo. Una cuadra. Luego otra. Pasó frente a un bar. Entró sin pensarlo. No estaba actuando: reaccionaba. Se sentó en una butaca alta frente a la barra. Miró fijamente el fondo de una botella. Pidió un *whisky*. Luego, otro. Y otro.

Miró por la ventana. El día se iba. La ciudad encendía sus faroles.

Pagó la cuenta. Fue al baño. Se mojó la cara. El agua estaba helada, pero no lo despertó. Se miró en el espejo. Y allí estaba: el rostro ajeno de siempre. «¿Quién eres?», pensó, retrocediendo un paso. Era él, sí, pero era otro. Piel pálida. Ojos vacíos. Parecía más viejo. Veinte o treinta años más.

No soportó mirarse un segundo más. Salió tambaleándose. Aturdido. Y entonces, sin querer, tropezó con un hombre. Más alto, más ancho. Le derramó el vaso de cerveza.

—¡Ten cuidado, animal! —bramó el otro, con voz grave y mirada hostil.

—¡Vete al diablo! —respondió Mateo, devolviendo la mirada, sintiendo que ya no tenía nada que perder.

El golpe fue inmediato. Primero en la cara. Luego el suelo. Y después el sabor metálico de la sangre. Mateo trató de incorporarse. Dos hombres se acercaron y lo empujaron hacia la salida.

—Vete si no quieres terminar peor —le dijeron.

Y se fue. No tenía opción. Se tragó la rabia. La apretó con los dientes. Aún quedaba espacio dentro de él para albergar más rabia. Y dolía. Dolía más que el golpe.

La furia ascendía en espiral. No era la misma de antes; aquella era frustración, esta, determinación. ¿Determinación de qué? No lo sabía. Caminaba solo por las calles de San Francisco, pero el aturdimiento se intensificaba. Sentía calor a pesar del frío, el cuerpo rígido, un dolor punzante en el centro del pecho. Recordó que, en Lima, cuando se sentía así, caminaba hacia el malecón para ver el mar. El mar siempre le brindaba calma; se perdía en su inmensidad y le hacía sentir que sus miedos y problemas eran más pequeños de lo que creía. El mar y el universo le ofrecían una perspectiva diferente al analizar sus problemas.

Reconoció un camino que conducía hacia el mar. Caminó durante casi una hora hasta llegar a la marina por donde pasearon el primer día. Era una zona tranquila, con casas frente a muelles donde las embarcaciones descansaban, y se escuchaba el golpe de las olas contra los pilotes. A lo lejos, divisó el puente Golden Gate. Nunca supo por qué, pero sintió una inmensa necesidad de ir hacia él. Comenzó a caminar y luego a correr; no lo decidió, simplemente sus piernas comenzaron a avanzar cada vez más rápido hasta que se encontró corriendo a toda marcha. Corrió con todas sus fuerzas, sentía que el corazón le salía del pecho. No sabía qué le pasaba ni por qué lo hacía; se había entregado al instinto.

Tuvo que correr por una vereda angosta al borde de una carretera de alta velocidad; no había otro camino. Cuando pudo, entró en un bosque por donde vio que podía cortar camino; estaba totalmente oscuro. Sintió algo de miedo, pero el miedo se hizo tangible cuando vio una lápida; luego otra. Volteó y vio que estaba rodeado de decenas. Centenares. Miles de lápidas. Estaba en medio de un cementerio, en aquella noche fría y oscura. No veía con claridad, pero sentía el frío que venía del mar. Sintió una calma abrumadora; la muerte estaba presente, la sentía en sus pisadas.

Después de unos largos minutos, pudo salir del cementerio y vio que el ingreso al puente estaba a unos cientos de metros. Se detuvo por unos minutos, sin quitar la mirada del puente, y caminó, ahora más lento pero firme. Sintió cómo iba entrando al puente y cómo se iba haciendo gigante mientras caminaba hacia el centro. El frío era intenso; sentía cómo la brisa helada golpeaba su cuerpo. Los carros pasaban a alta velocidad a su lado, pero nadie se percataba de él; nadie en el mundo sabía dónde estaba. El único testigo era el puente.

Se detuvo y se apoyó en la baranda, grande, fría y roja. Miró hacia Alcatraz, una silueta negra en medio de la bahía, iluminada por la luna llena de esa noche de invierno. Miró el abismo de agua que se extendía bajo sus pies, con sus ondulaciones oscuras. Por un momento pensó que estaba contemplando el interior de su alma. Se inclinó para ver con mayor detenimiento el mar. Su cuerpo se recostaba sobre la baranda, entregándose al vacío.

—Ten cuidado. Solo el cincuenta por ciento sobrevive a una caída, y es una pésima estadística para asumir un riesgo así —dijo una voz amortiguada por el viento y el estruendo constante de los autos, proveniente de una silueta que se aproximaba con cautela, manteniendo la distancia, con las manos dentro de su abrigo.

A lo lejos, una sirena de niebla rugía desde la bahía. Las luces de un barco se movían como fantasmas entre la bruma.

Mateo escuchó la voz, pero no reaccionó. La percibió como un eco, ajeno y distante. El frío, el viento, la ciudad acelerada. Todo lo envolvía como una tela gruesa que lo aislaba de sí mismo. Seguía sumergido en el trance.

—Vamos, Mateo. Creo que es momento de volver a Lakeshore.

La segunda frase le atravesó la niebla mental como una línea nítida. Esa voz. Esa forma de decir su nombre. Giró apenas el rostro y, al fin, lo vio. Era Adrián.

—¿Cómo sabías que estaba acá?

—Te he estado buscando toda la tarde; te vi caminando a lo lejos con dirección a la marina y te estuve siguiendo.

—No puedo hacerlo, Adrián. Y tú tampoco querrás que vuelva contigo cuando te diga algo que debes saber.

—Dímelo de una vez, Mateo.

—Besé a Sophia. Soy un miserable. No espero tu perdón; dejaste clara tu posición sobre la traición y yo te he traicionado.

—Ya lo sabía. Sophia me llamó al día siguiente de que ocurriera ese episodio y me lo contó todo.

—¿Siempre lo supiste? —dijo Mateo, aguantando las lágrimas de desprecio por sí mismo, pero no salía de su asombro. Siempre lo supo: cuando lo recibió en la estación de bus, cuando hablaron de Alcatraz, todos los días que cenaron juntos. Cada noche en silencio.

—Era importante que tú me lo contaras. La confesión es lo que absuelve el pecado. Hay una gran diferencia en que tú me lo hayas contado a que yo lo hubiera descubierto.

—Adrián, espero que algún día puedas perdonarme, porque yo no seré capaz de perdonarme a mí mismo.

—Mateo, eres una persona muy importante para mí. Sophia no fue más que una persona de paso en mi vida; tú eres como un hermano para mí. Olvidemos este episodio y vamos a casa.

Mateo se sintió minúsculo mientras veía a Adrián, enorme, gigante, magnánimo, como un emperador romano que otorga el perdón a un miserable plebeyo. Porque el perdón solo lo entrega quien tiene el poder, y perdonar es una de las acciones que más enaltecen al ser humano.

VI

Subieron por las colinas que llevaban hacia la sierra de California. A medida que ganaban altura, la roca y los árboles se iban cubriendo de blanco. La nieve se adhería a todo, menos al camino, que seguía abierto por donde avanzaba el bus. A un lado del lago, el hielo reflejaba una luz opaca. Mateo alcanzó a ver, en la distancia, el acantilado desde donde había saltado con Sophia. Fue inevitable recordarlo. A pesar de la culpa que aún lo mordía por haberle fallado a Adrián, no sentía remordimiento por ese instante. Recordaba el salto, el vacío, el agua helada, los árboles, la luz, el vértigo. Era uno de esos recuerdos que no se van. Nunca.

Apenas bajaron del bus, buscaron sus maletas. Cada uno cargaba una. Las echaron al hombro y caminaron hasta la carretera. Hicieron autostop durante algunos minutos. Varios autos pasaron de largo. Finalmente, un hombre de unos sesenta años, con camisa a cuadros, al volante de una camioneta *pickup*, se detuvo. Iba en dirección a la cabaña de Adrián. Subieron rápido a la tolva. Se acomodaron en cuclillas, abrazando las piernas. El frío ya era profundo. Los árboles se cerraban sobre el camino como si el bosque quisiera tragárselos.

La noche había caído hacía horas. Oscura como un pozo sin fondo. Lo único visible era el túnel que abrían los faros del vehículo. Detrás, el humo del escape teñido por las luces rojas dibujaba estelas que se perdían en la oscuridad. Mateo miraba hacia los costados, pero solo encontraba sombras. Pensó en lo frágil que era todo si la camioneta se quedaba atascada en medio de esa inmensidad. No llevaba cadenas en los neumáticos. Se alzó un poco, apoyado en el borde de la tolva, y trató de ver el camino por delante. Nada más que nieve y troncos. Algunas cabañas aparecían al borde de la ruta. Algunas oscuras, otras con una lámpara encendida que insinuaba vida adentro. Luego, otra vez, la nada.

Mateo había recorrido ese trayecto muchas veces con Adrián. Pero siempre desde el asiento del copiloto. Ahora lo sentía de otra forma. No era solo un paisaje. Era la intemperie. La hondura. La hostilidad callada del bosque. Miró de reojo a Adrián. Iba tranquilo. Como si nada. Como si fuera una noche cualquiera. Mateo se preguntó si su percepción estaba distorsionada. Decidió dejar de mirar alrededor. Clavó la vista en la estrecha franja que iluminaban las luces traseras de la camioneta. Esa luz pobre que se perdía hacia atrás, tragada por la noche.

De pronto, reconoció el buzón de hierro con forma de cuervo que coronaba el poste de entrada. Siempre le tomaba un segundo recordar que no era real. Justo después venía la cabaña.

Cuando pasaron frente a ella, Adrián golpeó el techo de la cabina. El conductor frenó. Ambos bajaron, le agradecieron, y el hombre respondió con un breve toque de bocina antes de seguir.

La casa estaba completamente cubierta de nieve. Igual que la camioneta Ford de Adrián, que parecía un bulto blanco. Subieron al porche. Adrián rebuscó en una maceta mediana, marrón. Quitó la capa de nieve, hundió los dedos en la tierra húmeda y extrajo la llave. Estaba justo donde le había dicho a Sophia que la dejara.

Entraron. Buscaron leña y encendieron la chimenea. El viaje había sido largo. Mateo se sentó frente al fuego, frotándose las manos. Miraba las herramientas colgadas sobre la chimenea. Ya las había visto la primera vez que visitó la cabaña.

—¿Sabes qué son? —preguntó Adrián al verlo observando uno de los artefactos metálicos, una especie de martillo que remataba en una punta aserrada.

—No. Aunque me resultan familiares.

—Se llaman piolets. Sirven para escalar. Estaban aquí cuando me instalé en la casa. Son antiguos, pero me gustan.

—¿Los has usado?

—Esos no. Pero sí he escalado. A unas horas de aquí hay unas montañas que te encantarían —dijo Adrián, acercándole una taza humeante—. Toma.

—Gracias —dijo Mateo, recibiendo el té con manos heladas y una punzada de culpa—. Oye, Adrián… Sobre Sophia…

—No hablemos más de Sophia, Mateo —lo interrumpió, sin dureza, pero con firmeza.

—Tienes razón. Quizá sea mejor no hablar de ella.

—Mira, no creo que Sophia sea una mala persona. Tampoco creo que tú lo seas.

Mateo lo miraba, sin entender por qué no lo odiaba. Hubiera sido más fácil que lo hiciera. En cierto modo, lo esperaba. Lo necesitaba. Pero Adrián era así: sereno, ecuánime, casi inexplicablemente generoso. Lo descolocaba. ¿Cómo podía manejar la situación con esa calma? ¿Era el perdón en estado puro… o una forma elegante de distancia?

Se preguntó si Adrián realmente había querido a Sophia. O si solo le había gustado. Son cosas distintas.

—Adrián, ojalá algún día aprenda a perdonar como tú —dijo Mateo, mirándolo a los ojos con una devoción serena.

—Tendrás que hacerlo. Porque todos nos parecemos más de lo que crees. Cuando digo que Sophia no es una persona completamente mala, es porque así somos todos. El bien y el mal conviven dentro de nosotros… y dentro de ti también.

—¿Qué quieres decir? ¿Que no existen las personas completamente buenas? ¿En serio crees eso?

—Sí. Eso creo. Nuestra vida es una lucha constante para que el bien venza al mal. Todos llevamos un poco de Dr. Jekyll y un poco de Mr. Hyde —respondió Adrián con voz baja, casi como si fuera un secreto exclusivo para Mateo, aunque no había nadie más a cientos de metros a la redonda.

—Esta vez discrepo contigo —dijo Mateo, incorporándose un poco en su asiento—. Creo que hay personas con tendencia al mal, otras al bien, y algunas pocas que son genuinamente buenas.

—Y dime, Mateo… ¿tú en qué grupo estás? —preguntó Adrián, inclinando el cuerpo hacia él desde su sillón.

Jaque mate. Mateo acusó recibo con la mirada y el silencio.

—¡Venga, Mateo! —soltó Adrián y luego de unos segundos le sonrió—. Creo que el cansancio te está haciendo pensar de más. Vamos a dormir, que mañana hay que quitar toda la nieve de la entrada. Vas a saber lo que realmente pesa. —Se puso de pie y le dio un golpe amical en el hombro—. Toma la habitación que está al subir las escaleras, a la derecha. Este será tu nuevo hogar, así que ponte cómodo. Buenas noches.

—Gracias, Adrián. Buenas noches —respondió Mateo, recostándose de nuevo en el sillón. Tomó un sorbo del té, aún caliente.

Adrián tenía razón: Sophia no era realmente una mala persona. Pero, como él, se quería a sí misma por encima de todas las cosas. Quizá por eso Adrián la comprendía, incluso siendo la víctima. No se quebraba. Lo asumía como un *casualty*. Un daño colateral, sin rencores.

Y así, en un día cualquiera, Sophia había decidido marcharse a Los Ángeles. Ella era dueña de la vida. Y la vida debía responderle, o eso creía. Liviana. Volando sin cargas. Siempre más alto. Y volaba bien: elegante, con estilo. Pero quienes vuelan tan alto y tan lejos, alguna vez sentirán el peso de esa ligereza. Y más vale que hayan aprendido a aterrizar. Porque, de lo contrario, el golpe será inminente.

★★★★★

Mateo y Adrián pasaron la mañana paleando nieve. Primero la entrada, luego el porche, más tarde la parte posterior de la cabaña. Eran kilos, toneladas, o al menos eso parecía. Tenían los brazos molidos, pero habían hecho un buen trabajo. Adrián fue por las llaves del Ford, abrió la puerta, giró el contacto y el motor respondió con ese rugido sólido y familiar.

—¡Eso es! —gritó, con una sonrisa de oreja a oreja.

Mateo, desde fuera, también sonrió.

—Vamos. Hay que darle un paseo a la máquina —dijo Adrián.

Subió, y recorrieron varios caminos del bosque. Ascendieron por la colina, llegaron a un punto sin retorno, dieron la vuelta y eligieron otra ruta. El bosque parecía no terminar nunca. Mateo lo miraba fascinado.

Luego fueron hacia el lago. Almorzaron en un restaurante junto a la orilla. Al terminar, Mateo le pidió que pasaran por el resort de esquí. No sabía bien por qué. Pero, de pronto, quiso saber si alguien había dejado un mensaje para él. Y sabía exactamente quién sería esa *alguien*. En quien no pensaba desde hacía semanas por decreto irrefutable: Natalia.

Entró a la recepción. Preguntó. Después de unos minutos, la recepcionista se acercó con una carta en la mano.

—Pensábamos que ya no ibas a regresar —dijo, mientras se la entregaba.

Era una carta de Natalia. Lo supo antes de abrirla. Sintió alegría. Y culpa. Y nostalgia. Todo junto. Decidió no abrirla ahí. La guardó con cuidado.

Al salir del edificio, vio el camino que llevaba al taller de Milan. Sin pensarlo, sus pasos lo encaminaron por la misma senda de siempre. Atravesó los árboles. Ahí estaba. Igual que antes. Subió los tres escalones y tocó la puerta. Lo recibió el hijo de Bruce, con herramientas en una mano y gesto apurado.

—¿Cómo estás? —preguntó Mateo.

—Bien. Cargado de trabajo. Así será hasta el final de la temporada.

—¿Te molesta si paso un momento?

—En lo absoluto. Adelante —respondió, volviendo de inmediato a su labor.

Mateo entró. Caminó con lentitud. Las mismas cortinas descoloridas. El viejo sillón de Milan. Las herramientas sobre el banco. Esquivó unos esquís que estaban desparramados en el suelo. Cruzó al lado del muchacho, que no levantó la vista.

Siguió hasta la cocina. La misma mesa. La única silla, girada hacia un lado, como Milan la dejaba. Miró hacia la habitación. Ya no estaba la cama. Ahora era un pequeño almacén. Fue ahí, justo ahí, cuando sintió de verdad la ausencia de Milan.

Había sido poco el tiempo que compartieron, pero hondo el impacto. Así ocurre. Las personas más importantes no siempre son las que se quedan mucho tiempo. A veces bastan unos días, y ya no se van nunca.

Al volver, se despidió con un gesto. El otro apenas respondió, sin dejar de trabajar.

Mateo dio un último vistazo. El sillón. Por un segundo, lo vio: Milan, con un cigarrillo en la mano, mirando por la ventana. Pensativo. Quizá recordando a Magda. O a Praga. O a una tarde de verano bajo un árbol.

Se llevó una mano al pecho sin notarlo. Luego bajó la mirada.

—Adiós, Milan —susurró Mateo. Solo para él.

Abrió la puerta y salió. Sintió una paz inesperada. No la analizó. Solo supo que, en algún universo paralelo, acababan de despedirse.

Enrumbaron el camino a casa. Al salir del resort, Mateo distinguió su tráiler a lo lejos, silencioso, vacío. Bastó esa imagen para que se le vinieran encima los recuerdos con Natalia. Durante el trayecto, una y otra vez, se tocó el pecho, buscando el bulto del sobre bajo el abrigo. Confirmaba que seguía allí, como si temiera perder lo único tangible que lo unía aún a ella.

Al llegar a la cabaña, tomó una cerveza fría y salió al porche. El aire, fresco y limpio, le rozaba la cara. Por fin, no pudo resistirlo más: rompió el sello y desplegó la carta.

Hola, Mateo,

No sé si tendré respuesta a esta carta, al igual que las anteriores. No voy a negar que, a veces, el silencio me ha dolido más que la misma partida. Quizá sea mejor así. A veces pienso que simplemente desapareciste de la faz de la tierra. ¿Fue así o sigues en este mundo? Lo único que sé es que sigues en mi mundo. Pienso en ti, y mucho.

Me mudé a la casa de mi abuelo en Cuzco. El valle es hermoso. Cada rincón me recuerda a él y me hace feliz estar aquí. Pensé en venderla o alquilarla, pero luego recordé cuánto la amaba. Vine solo a ordenar unos papeles y me quedé semanas. Este es mi lugar. ¿Sabes cómo se llama el nevado del que siempre te hablaba? Se llama Verónica; desde lo alto, mira todo el valle y mi casa. Me acompaña. Estoy bien. No lo puedo explicar, pero a veces siento que estuvieras cerca, a pesar de la distancia.

No sé si las cartas que te escribo te llegan o se pierden en el camino, pero siento la necesidad de enviártelas, aunque nunca las leas. Aunque no lleguen. Pero me prometí que esta sería la última, no porque no te quiera, sino porque te quiero demasiado. El tiempo pondrá las cosas en su lugar, y si no vuelves porque el destino lo decide así, solo quiero que seas feliz.

Mateo, que seas feliz siempre.

Natalia
Cuzco, 1995

Terminó de leer y el silencio se volvió denso. Una nostalgia profunda lo invadió, como si Natalia estuviera más lejos que nunca. Cerró los ojos y exhaló profundo. La carta había abierto, una por una, todas las puertas de los recuerdos, aquellas que había cerrado a la fuerza. Ahora los recuerdos lo dominaban a él: la extrañaba, la quería, supo que siempre la había querido. Tal vez el amor exige, a veces, tomar distancia. Retroceder dos pasos para ver el cuadro completo, como ante una pintura de Velázquez: solo alejándose se comprende la amplitud de lo que se siente. Y desde esa distancia, pudo por fin dimensionar la magnitud de su amor por Natalia.

★★★★★

En los días siguientes, Mateo buscó la manera de ocupar el tiempo. El trabajo escaseaba. A veces Adrián le encargaba alguna tarea en la obra del hotel de Lakeshore y le pagaba por día, pero no era lo mismo que el ritmo de San Francisco. Acudía a la oficina administrativa del resort a preguntar si había vacantes en cualquier puesto. Siempre le respondían que no. Tampoco llegaron cartas ni llamadas. Natalia había cumplido su promesa: esa fue la última.

Un sábado, cuando la luz comenzaba a colarse entre las cortinas, escuchó ruidos en la cocina. Bajó y encontró a Adrián listo, vestido para esquiar, con un café en la mano y dos pares de esquís apoyados junto a la puerta.

—Vamos, alístate. Hoy vas a aprender a esquiar —dijo Adrián, con esa seguridad suya que no dejaba margen para la duda.

—Pero no tengo idea de cómo hacerlo.

—Algún día tienes que empezar. Y ese día es hoy. Apúrate; la mejor hora para esquiar es temprano, antes de que el sol derrita la nieve.

Mateo sintió, como otras veces, que la determinación de Adrián era capaz de arrastrarlo a cualquier parte.

Subió de inmediato, y en minutos estaban en la Ford, camino al resort. Adrián le explicaba, con detalle y paciencia, cómo ajustar las botas, ponerse los esquís, usar las sillas elevadoras.

No hubo iniciación gradual: lo llevó directo a la cima. Sabía que, para aprender de verdad, había que caer varias veces. Así que lo condujo sin rodeos hasta lo más alto de la montaña. Desde allí, el mundo era un inmenso tapiz blanco, abierto e indomable.

Mientras ascendían en el telesilla, Mateo sentía el traqueteo de los cables, el viento frío en el rostro, el peso incómodo de las botas y los esquís que colgaban de sus pies. Pero también sentía una claridad repentina, una lucidez de altura que le devolvía algo perdido.

Cuando llegaron a la cima, Adrián no dio margen al miedo. Se adelantó, ya listo, al borde de la bajada.

—¡Mateo, vamos! —gritó desde allí, con esa mezcla suya de entusiasmo y desafío.

Mateo se aproximó con paso indeciso. Notaba las miradas de los otros esquiadores que, con media sonrisa, sabían que estaban a punto de presenciar la escena clásica del novato frente al abismo. Dudó. Miró una vez más el lago en la distancia, y entonces se lanzó.

No fue un descenso. Fue un rodar caótico. Perdió el control en segundos, los esquís salieron disparados, su cuerpo giró y se arrastró durante metros hasta que por fin logró detenerse.

Adrián llegó entre risas, más entretenido que sorprendido.

—¿Estás bien?

—Sí —dijo Mateo, aún tumbado en la nieve, y sonrió. Se levantó y volvió a colocarse los esquís. Sabía que repetiría la caída, y también sabía que no sería la última.

Lo llevó a practicar a otras pistas. Y Mateo fue aprendiendo; con cada golpe, con cada error, aprendió rápido.

La semana siguiente, regresó por su cuenta, decidido a dominarlo. Pronto descendía la montaña con soltura, deslizándose entre los árboles, sintiéndose invencible, libre. Lamentó el tiempo perdido, pero ahora solo quería aprovechar cada jornada, exprimir las últimas semanas de buena nieve.

Así fueron pasando los días. Mateo ayudaba a Adrián cuando había trabajo; el resto del tiempo, esquiaba, colaboraba en las tareas de la cabaña o se dejaba caer algunas noches por el Great Moose, a veces en compañía, a veces solo. Si iba solo, elegía la misma mesa donde vio a Sophia por última vez. Más de una vez, en la penumbra, miraba hacia la puerta, como si esperara que apareciera. Pero entendió que, en el fondo, no era a Sophia a quien extrañaba, sino cierta sensación encapsulada en un momento irrecuperable. Siempre, al final, pensaba en Adrián: en su entereza, en su generosidad. Un hermano mayor inesperado. Alguien que le mostraba, sin decirlo, cómo ser una mejor persona.

★★★★★

En esas primeras semanas de regreso en Lakeshore, el tiempo parecía deslizarse con otra cadencia. Los días eran más largos, el ritmo más lento. Por fin, Mateo empezó a percibir cierta claridad, una bruma leve se iba disipando en su mente. Estaba más tranquilo. Revivía a diario los momentos que había pasado en California, y comprendía —tarde, pero a tiempo— muchas cosas que antes no lograba ver.

Aparecían, fugaces, sensaciones de paz. Pequeñas. Tenues. Como esas brisas que llegan al final de la tarde en una playa, que apenas rozan la piel antes de desaparecer. Empezó a disfrutar de esos momentos solo. Era como volver a conocerse. Tenía espacio para pensar, y el silencio del bosque inmenso se volvía su mayor refugio. Ese silencio que, a veces, dice más que cualquier palabra. Que abre grietas por donde aflora algo más profundo. Una sabiduría sin nombre.

Por primera vez, se asomó a su mente la posibilidad de regresar a Lima. ¿Fue la carta de Natalia lo que provocó ese deseo? Aún guardaba aquel sobre como una cuerda invisible que lo unía a ella. Se debatía entre el impulso de volver y una intuición vaga —pero insistente— que le decía que debía quedarse un poco más. Sin saber para qué. Solo intuiciones, borrosas, sin forma. Prefería no resolverlo aún. No tenía sentido.

Esa tarde, Mateo acababa de volver de esquiar. Se preparaba algo ligero de comer cuando escuchó la camioneta de Adrián detenerse afuera. Dobló la cantidad de ingredientes, anticipando que cenarían juntos. Adrián entró con un cargamento de leña para la chimenea. Luego descorchó una botella de vino. Comieron en la cocina una carne con papas y ensalada. Nada extraordinario, pero suficiente. Luego se trasladaron a la sala con las copas en la mano, buscando el calor del fuego. La chimenea de piedra enmarcaba las llamas con solemnidad. Encima, los piolets antiguos colgaban como testigos mudos de otras aventuras. Estaban gastados, curtidos por el uso. ¿De qué paisajes habrán sido testigos?, pensó Mateo, mientras seguía con la vista el vaivén leve de las llamas.

—¿Qué cuenta Natalia en su carta? —preguntó Adrián.

—No mucho. Se fue a vivir a Cuzco.

—¿A Cuzco? Eso no me lo esperaba... Aunque, ahora que lo pienso, siempre hablaba de cuánto le gustaba.

—¿Y tú? ¿Le has escrito?

—No. Prefiero no hacerlo. Ya bastante daño le hice. Creo que las cosas están mejor así. Ella está bien. Y yo también. Me siento mejor desde que llegué, pero no puedo seguir mintiéndome. Sé que, en algún momento, tendré que volver a Lima. Las cosas... son como son.

—Me parece bien. Después de mucho tiempo, te escucho hablar con claridad. Parece que la niebla en tu cabeza comienza a disiparse.

—Es cierto. Pero hay algo en lo que no puedo dejar de pensar. Es inevitable: qué le pasó a mi hermano. Durante un tiempo logré apartarlo. Pero últimamente vuelve. Y vuelve con fuerza. La idea va y viene. Quisiera olvidarlo para siempre. Despertar un día y que se haya ido.

—Mateo, ya lo hemos hablado. No es sano seguir dándole vueltas. Lo mejor es soltar. Te hace daño. Y, según el parte policial, todo indica que fue un accidente.

—Lo sé. Pero algo dentro de mí insiste. Siento que, si logro saber qué pasó realmente, podré encontrar paz.

—¿Estás seguro? Supón que descubres quién fue. ¿Qué harías con esa información? ¿Buscarías venganza? Si la respuesta es no, entonces no tiene sentido seguir hurgando. En la vida hay cosas que no se pueden explicar. A veces solo queda aceptarlas. Tú mismo lo dijiste: las cosas son como son. Y aferrarte a esa obsesión no te va a sanar.

—Te escucho y sé que tienes razón. Pero no puedo negar que me sorprende que a ti no te interese saber nada.

—Ya te dije que no vivo en el pasado. Acepto lo que fue. Estoy aquí, ahora. Avanzo. Y tú deberías hacer lo mismo.

—Una cosa es no mirar al pasado y otra muy distinta es huir de él.

—¿Huir? ¿A qué te refieres? —preguntó Adrián, frunciendo el ceño. Se inclinó hacia adelante con la copa entre las manos, expectante.

—A eso. A que prefieres hacer como si nada hubiera ocurrido. No buscar. No remover. Pero no todos podemos vivir así.

—Creo que estás hablando de ti. No de mí. Somos distintos. Eso es todo.

—Nos parecemos más de lo que crees. Eso fue lo que me dijiste hace poco.

—Puede ser. Pero estás malinterpretando lo que quise decir.

Adrián se quedó en silencio unos segundos. Luego dejó la copa en la mesa, con cuidado.

—Mañana será un día largo. Tengo que revisar el avance de la obra en el hotel. Es mejor que descansemos. Tú también.

—Sí. Termino esto y voy a dormir.

Adrián se puso de pie y, antes de alejarse, giró apenas para mirarlo.

—Oye, Mateo... No te olvides de que Nicolás fue como un hermano para mí. Igual que tú lo eres ahora. Podemos pensar distinto, pero eso no cambia nada. Buenas noches.

—Lo sé, Adrián. Nunca lo he olvidado. Tal vez te he mencionado tanto este tema porque no tengo con quién más hablarlo. Y valoro mucho tus consejos.

Mateo lo miró con una sonrisa leve, agradecida. Luego se recostó en el sillón, apoyando la base de la copa sobre el muslo. La chimenea crepitaba. Afuera, el bosque dormía. Dentro, el vino y el fuego tejían un silencio denso, pero reparador.

★★★★★

Una mañana, Mateo se levantó temprano para ir a esquiar. Se vistió con desgano, pero al buscar sus guantes, no los encontró. Recorrió cada rincón de su habitación y luego bajó al primer piso. Nada. La imagen de Adrián diciéndole que podía usar su par extra le vino de pronto a la memoria.

Subió hasta la habitación de su amigo. Abrió cajones con cuidado, uno a uno. Entre los pliegues de una bufanda, un destello le llamó la atención. Era apenas un reflejo tenue, provocado por la luz anaranjada de la mañana filtrándose por la ventana. Instintivamente, estiró la mano. Sacó el objeto. Lo sostuvo unos segundos sin reconocerlo. Luego, lo supo. Era la medalla.

La que Adrián solía llevar colgada al cuello. La que les dieron al terminar el colegio. La misma —idéntica— que llevaba Nicolás el día de la graduación. El escudo del colegio estaba grabado en el centro, junto al número de promoción en números romanos.

Mateo la sostuvo con delicadeza, atrapado por su brillo metálico. La luz de la mañana, ahora más dorada, se reflejaba en la superficie como una caricia hipnótica. Por un instante, sintió que volvía a tocar algo de su infancia.

La pieza se le resbaló de las manos. Cayó al suelo con un sonido seco. El metal contra la madera lo devolvió de golpe al presente. Se agachó para recogerla, había caído con el reverso hacia arriba. Cuando sus dedos la alcanzaron, grabado con precisión, se leía: «Nicolás R.».

La soltó otra vez. Su cuerpo retrocedió hasta dar contra la pared. El cuarto comenzó a girar. La medalla, en cambio, parecía inmóvil. Inalterable. Permanecía ahí, como un punto fijo en medio del torbellino. Mateo la volvió a tomar. Pasó los dedos sobre las letras, una por una, como si necesitara palparlas para creerlas. «Nicolás R.». Sentía que tocaba a su hermano. Que estaba allí, vivo, en ese fragmento de plata.

El temblor le recorrió todo el cuerpo. Con manos torpes, colocó el colgante en el cajón, exactamente donde la había encontrado, y lo cerró. El aire pesaba. ¿Cómo era posible? ¿Por qué Adrián tenía la medalla de Nicolás? ¿Por qué nunca lo mencionó?

Abandonó la habitación sin mirar atrás. Se calzó las botas y salió de la cabaña. Caminó durante horas. Por senderos que no reconocía. Por tramos de bosque sin rumbo. Pensaba y no pensaba. Todo se mezclaba. Finalmente, llegó al lago. Se sentó frente al agua, buscando respuestas que no llegaron.

Pasó el día errante, perdido entre árboles, hielo y confusión. Cuando empezó a caer la tarde y el frío aumentó, volvió lentamente a la cabaña. En el camino, sintió por un momento algo parecido a la serenidad. Quizá todo tuviera una explicación lógica. Adrián sabría decirle. Siempre tenía una respuesta clara. Sí, le preguntaría esa noche.

Cuando llegó, Adrián ya había regresado. Estaba en la cocina, sacando ingredientes de la alacena.

—Pensé que habías ido a esquiar, pero veo que dejaste los equipos —dijo mientras colocaba una sartén en la hornilla.

—Salí a caminar. No tenía ganas hoy.

—Así veo. Ya me sorprendía que no te tomaras un descanso, con lo fascinado que estás últimamente con esquiar.

Mateo no respondió. Subió a cambiarse. Luego bajó a cenar. Comieron en silencio. Adrián, por el cansancio; Mateo, por el nudo en la garganta. Pensó en preguntar. En decirlo. Pero no encontró la forma. Masticaba en automático, sin saborear nada. Cuando terminó, llevó su plato a la cocina.

—Me voy a dormir. Estoy cansado. Buenas noches —dijo con voz baja.

—Yo también me voy en un rato. Descansa, Mateo.

Entonces la vio: una cadena plateada asomaba por el cuello de Adrián. Fue un impulso. Las palabras salieron solas.

—Adrián… ¿me enseñarías de nuevo tu medalla del colegio?

Adrián lo miró, sorprendido. Luego, sin dudar, se llevó la mano al pecho, sacó el objeto y se lo mostró.

—¿La medalla? ¿A qué viene eso?

—Es bonita. Me recuerda a Nicolás, eso es todo —respondió Mateo, mirando el colgante sin parpadear—. Por cierto, hablé con mi mamá hace unos días. Me dijo que ella tiene la medalla de Nicolás. Tenías razón cuando dijiste que seguro estaba con ella.

—Qué bueno, Mateo. Me alegra saberlo —dijo Adrián mientras guardaba la medalla con gesto sereno.

—Sí. Estoy más tranquilo ahora. Era la pieza que me faltaba. Y ahora que ya lo sé, todo tiene más sentido.

—La claridad siempre es buena. Pero recuerda: no es lo mismo claridad que certeza.

—Lo sé. La claridad da paz. La certeza, justicia. Por ahora, me basta con la paz.

—Cada vez más sabio, Mateo. Buenas noches.

—Buenas noches, Adrián.

Mateo subió las escaleras lentamente. Sentía que cada peldaño pesaba más que el anterior. El corazón le latía con fuerza, pero sin apuro. Como si cargara una verdad que aún no lograba asimilar. Entró en su habitación, apagó la luz y se echó boca arriba, con los ojos fijos en el techo, aunque no veía nada. Solo un vacío espeso que parecía devorarlo todo. Cerró los ojos. La oscuridad entraba por la ventana como una presencia viva. Volvió a abrirlos. Nada. Ni techo, ni habitación, ni paz. Solo pensamientos.

¿Y si Adrián sabía algo que él no? ¿Y si lo había sabido siempre? ¿Por qué tenía la medalla? ¿Por qué se fue de Lima justo después de la muerte de Nicolás?

Las preguntas caían como piedras, una tras otra. No había respuestas. Se sentó, se puso las zapatillas. Caminó en silencio. Bajó las escaleras guiado apenas por la luz tenue del exterior. La casa dormía. El mundo dormía. Pero dentro de él todo ardía.

Giró hacia la sala. La chimenea todavía retenía brasas débiles, enrojecidas. Se acercó. Encima, colgado como una reliquia de otra vida, estaba el piolet. Alargó una mano y lo tomó. Con la otra, sin pensarlo, completó el acoplamiento: lo sostuvo como si siempre hubiera estado destinado a tenerlo entre las manos. Apoyó la frente en la piedra tibia de la chimenea. Cerró los ojos tratando de encontrar claridad entre el frío y el fuego.

Entonces sintió una presencia. Giró la cabeza. En la penumbra distinguió una silueta en el sillón junto a la ventana. Fija. Inmóvil.

—¿Cuál es tu plan con ese piolet? —preguntó la voz de Adrián desde la sombra.

—¿Mataste a mi hermano? —preguntó Mateo con voz baja pero firme.

—¿Matar? —repitió Adrián con calma—. Jamás he matado a nadie.

—¿Entonces por qué tienes su medalla?

—Sí, la tengo. La encontraste en mi cajón, es la de Nicolás. ¿Y por eso piensas que soy un asesino?

—Si no quieres que lo piense, explícame por qué diablos la tienes —dijo Mateo, con el piolet apoyado contra su pecho, la voz endurecida, el cuerpo tenso.

—Deja el piolet y siéntate. Te lo voy a contar.

—No me voy a sentar para escuchar otra historia. ¡Habla! ¿Mataste a mi hermano?

—No lo maté. Jamás quise que muriera. ¿Quieres saber qué pasó? ¿De verdad es lo que quieres?

—Lo he querido desde el día que murió. Lo sabes muy bien.

Adrián guardó silencio unos segundos. Luego asintió levemente.

—Vas a necesitar toda la cordura que te quede.

Mateo no se movió. Adrián bebió un sorbo de whisky. El silencio se volvió espeso.

—Me juzgas —dijo finalmente—. Pero tú también has fallado. Abandonaste a Natalia. Me traicionaste con Sophia. Y no estuviste con Milan en sus últimos días. ¿Y ahora me exiges explicaciones?

—Habla de una vez, maldito. Antes de que pierda la cordura.

—Mateo, tú eres una de las personas más inteligentes que conozco, sé que no vas a perder la cabeza en este momento. Deja el piolet. Tómate un trago.

Mateo no soltó el piolet, pero se sentó frente a él. A unos metros. Adrián tenía su vaso. Él, un arma. Las luces de la calle apenas delineaban sus figuras.

—Te fuiste antes que Nicolás del bar. Quiero saber qué pasó —dijo Mateo, con los ojos fijos en los suyos.

Adrián respiró hondo. Bajó la mirada hacia el vaso.

—Sí. Me fui antes. Y lo vi salir. Pero antes de eso, lo encontré en el pasillo del bar. Estaba con mi novia. Besándola. Eso fue lo que vi. —Hizo una pausa. La mirada perdida en el fondo del vaso—. Por eso él se fue tan rápido. Yo lo seguí. Estaba furioso. Discutimos. Nos peleamos. Cuando cayó, corrí sin mirar atrás. Cuando ya estaba lejos, noté que tenía su medalla en la mano. Posiblemente la tomé en medio del forcejeo. Nunca volví. No supe lo que había pasado hasta el día siguiente. Fue un accidente, Mateo. No me enteré de que por el golpe contra la vereda había muerto. Jamás lo hubiera deseado.

El silencio se impuso.

—¿Te suena conocida la historia? —añadió Adrián, con voz baja.

Mateo no respondió.

—Tú hiciste lo mismo con Sophia —continuó—. En eso te pareces a tu hermano.

Mateo apretó la mandíbula. Los ojos le ardían.

—No puede ser. Eres tú. Tú fuiste.

—Ahora sabes que el mal también vive en ti. ¿Y qué vas a hacer con el piolet? ¿Qué pensabas hacer cuando te enterarás de esto?

Mateo se levantó en silencio. Se acercó a las brasas. Quería recuperar el calor. Ordenar su mente. Pero cuando se giró, Adrián ya no estaba.

El sillón estaba vacío. La puerta, abierta.

El frío entraba con fuerza. Salió sin pensarlo. La noche era cerrada, la nieve le cubría los pies. Siguió las huellas de Adrián. Avanzó sin miedo, sin razón. La luna llena lo guiaba.

Se encontró en medio del bosque. Lo único que lo unía a la cabaña eran las huellas, pero en ese momento empezó a nevar. Tenía que decidir si volvía a la cabaña o seguía las huellas. La decisión estaba tomada. Iba rompiendo esa oscuridad y ese frío que lo habían gobernado hasta ahora, como si fuera dueño del lugar. Como animal cazador, hundiendo sus piernas en la fría nieve, apoyándose en los árboles.

Y, de pronto, lo vio. Adrián. De pie. Al borde del acantilado, mirando la profundidad del bosque. La luna lo cubría todo de una claridad helada. Mateo se acercó, con el piolet aún en la mano. Se detuvo a cinco metros. El viento soplaba apenas. El silencio ocupaba el espacio entre los dos.

—¡¿De qué huyes?! —gritó Mateo, con los ojos rojos y la rabia trabada entre los dientes.

—No huyo. ¡Me libero!

—¡Enfréntate a la realidad!

—¿Qué realidad? ¡¿La que tú crees?! ¡Lo peor que me pudo pasar es que llegaras acá, Mateo!

—¿Qué diablos debo hacer ahora?

—Nada. Tú no estás hecho para hacer daño. Mucho menos para matar. Tú lo sabes bien. Deja ese piolet.

Mateo no respondió. La confusión se volvía inabarcable cuando el dolor provenía de alguien a quien se quería tanto.

—Mateo, vivimos y pagamos en este mundo —dijo Adrián, y sin más, saltó al acantilado.

El borde estaba a pocos pasos. Mateo soltó el piolet y corrió. Cayó de rodillas justo al filo, y desde ahí, vio cómo el cuerpo de Adrián había golpeado ramas al caer y yacía hundido en la nieve, al fondo. La angustia le cortó el aire. Retrocedió unos pasos, tambaleante. Se arrodilló sobre la nieve, y el hielo le atravesó el pantalón hasta morderle las rodillas. El aliento le salía en nubes cortas, irregulares. Lloró. Lloró con la certeza recién llegada. Porque encontró las respuestas. Porque hubiera preferido nunca tener las preguntas.

Volvió al borde. Se apoyó con una mano en la roca helada. Abajo, las ramas aún se mecían con lentitud, emitiendo crujidos apagados. Entonces lo vio. O, mejor dicho, no lo vio. El cuerpo ya no estaba. Solo quedaba la silueta marcada en la nieve, hundida entre ramas rotas.

Adrián había sobrevivido. Porque era él. Nadie más habría sobrevivido a esa caída. Mateo regresó caminando, siguiendo las últimas huellas y su instinto. La puerta de la cabaña seguía abierta; la nieve había invadido parte del piso. Colocó el piolet en su sitio. Subió, guardó sus pocas pertenencias en la maleta. Luego fue al cuarto de Adrián, abrió el cajón y tomó la medalla de Nicolás. Bajó rápido. Antes de salir, miró una última vez la chimenea: las brasas se habían extinguido por completo. Cerró la puerta tras de sí y echó a andar, con paso decidido, hacia el camino del lago.

Cada cierto tramo, miraba por encima del hombro. Sentía que lo seguían. Entonces corría hasta perder el aliento, y volvía a caminar. A mitad de camino pasó una camioneta *pick-up*. Levantó el pulgar. El vehículo se detuvo.

Subió a la tolva sin decir palabra.

Desde allí vio cómo todo se alejaba: las cabañas, los árboles, el bosque testigo, la oscuridad cerrándose como telón. En las manos, apretaba la medalla. Sentía a Nicolás. Sentía paz. Por fin.

En una estación de gasolina cercana al lago, bajó. Agradeció al conductor y caminó hacia la estación de bus, aún cerrada. Se recostó en una banca, aguardando el amanecer.

★★★★★

Con los primeros rayos de sol, la cumbre de la montaña se tiñó de oro. Mateo la contempló, sabiendo que era el último amanecer que vería en Lakeshore. Cuando la estación abrió, compró un pasaje a Los Ángeles. El bus salía en dos horas.

No podía dejar de pensar en Adrián. ¿Dónde estaría? ¿Cómo estaría? Quería no pensar, pero era imposible.

Vio una cabina telefónica al otro lado de la calle. Entró. Marcó.

—Emergencias 911, ¿en qué puedo ayudarlo?

—Eh… —titubeó Mateo unos segundos—. Quiero reportar que anoche, cerca de las dos de la mañana, vi a una persona caer desde el acantilado cerca de la ruta este. No sé si está bien, pero sería bueno que alguien lo verifique.

—¿Puede darme más detalles? ¿Usted estaba con él cuando ocurrió?

Mateo colgó. Se quedó un instante con la mano sobre el teléfono, luego lo soltó y salió de la cabina. Regresó a la estación.

Mientras hacía la fila para abordar el bus, Mateo alzó la mirada hacia el televisor que colgaba en una esquina de la sala de espera. En la pantalla, una reportera informaba en vivo desde la zona del acantilado:

«Los rescatistas han desplegado un operativo desde las primeras horas del día —decía—, luego de que una llamada anónima alertara sobre la caída de una persona desde este punto. Como pueden ver, hay ramas rotas y una hendidura en la nieve que indica el impacto del cuerpo. Se sospecha que tanto la vegetación como la nevada reciente pudieron amortiguar la caída. Aun así, los expertos coinciden: sobrevivir a algo así es poco menos que un milagro. Por ahora no se ha encontrado a la persona reportada ni rastro alguno de su paradero. Seguiremos informando».

La imagen regresó al estudio. La siguiente noticia era otra, como si nada hubiese pasado.

La estación olía a papel viejo y a café rancio. Desde un altavoz agrietado, una voz anunciaba destinos con eco metálico.

Mateo abordó el bus sin mirar atrás. Afuera, el hielo crujía bajo los neumáticos del bus. Se sentó junto a la ventana. El vidrio estaba frío. El lago se despedía en silencio; el vehículo tomó la única vía que lo bordeaba.

Fue entonces cuando comprendió por qué había sentido el impulso de quedarse en ese lugar. Cada tramo del lago pasaba ante sus ojos como una película en silencio. Con los dedos, acariciaba los relieves de la medalla. Con la memoria, reconstruía los momentos con Natalia. Estaba listo. Era momento de volver.

Al llegar a Los Ángeles, tomó un taxi hasta el aeropuerto. Compró el primer vuelo con destino a Lima. Salía esa misma noche. Abordó con el cuerpo exhausto, pero con el alma firme. Sabía que nada sería igual, pero también sabía que había recuperado el timón. Volvía a ser Mateo. Orgulloso de sus heridas. Como galones cosidos al uniforme. Tal como se lo enseñó Milan.

VII

El cielo estaba gris, como en cualquier mañana de otoño en Lima. Mateo se detuvo frente a la reja negra, una obra forjada por manos anónimas, pero con la fuerza de quien inmortaliza una entrada con estilo clásico. A través del hierro ornamentado se divisaba el portón principal de la gran casa.

Se quedó allí largo rato, inmóvil, observando. Finalmente, apareció el guardián, lo reconoció al instante y le abrió el paso. Dentro, todo parecía igual… pero distinto. La casa estaba en silencio, salvo por los pasos lejanos de los sirvientes, que preparaban el almuerzo. Mateo aguardó en la sala, recorriendo con la mirada cada rincón. Era la misma casa, pero sus ojos la veían ahora con otra luz. Los colores le parecían más cálidos. El canto de los pájaros más nítido. Como si antes todo hubiese estado en sordina.

Paseó por los pasillos deteniéndose frente a los cuadros. Verificaba que estuvieran en el mismo lugar, repasando recuerdos en cada uno. Había uno en particular que siempre lo había conmovido: un paisaje de campo bañado por la luz. Nunca había sabido si era un atardecer o un amanecer. Hoy, dudaba más que nunca.

Mientras lo contemplaba, escuchó el sonido de la reja al abrirse. Un auto ingresó al jardín. De él bajó una mujer elegante, sonriente, que agradecía a quien le abría la puerta.

—¡Mateo! —dijo, sin poder disimular la emoción.

—He vuelto, mamá.

—Hijo… te he extrañado tanto —dijo ella, abrazándolo.

—Yo también, mamá.

—Qué bueno verte bien. Por tanto tiempo no supe nada de ti. No sabía cómo encontrarte.

—Dame tu mano —pidió Mateo, separándose del abrazo con delicadeza.

Ella lo miró, confundida pero dispuesta. Mateo colocó algo frío en su palma y luego cerró suavemente sus dedos. Al sentir el metal, la mujer bajó la mirada. Lo sostuvo unos segundos, lo giró. Ahí estaba: «Nicolás R.».

Un sollozo la quebró por dentro. Apretó la medalla con ambas manos hasta clavarla en su piel, con tal intensidad que sus dedos palidecieron. Se la llevó al pecho como si pudiera fundirse con ella. Mateo la rodeó con los brazos. Nicolás, reencarnado en ese fragmento de plata, quedaba sellado entre los corazones de madre e hijo.

Él la sostuvo por los hombros, la miró a los ojos.

—Nicolás descansa en paz. Yo lo sé.

Ella le creyó. Y sonrió.

Esa noche, cuando el señor de la casa cruzó el umbral, vio a Mateo por fin. Y lo vio bien, de verdad. Ya no era invisible para él. Se saludaron con un apretón firme, sin afectos innecesarios. Pero en esa mirada compartida, Mateo comprendió quién era ese hombre: alguien que amaba a su madre y se había hecho cargo de sus hijos. Y en esa misma mirada le dijo: gracias.

El hombre —pelo gris, lentes redondos, camisa blanca y saco a cuadros, marrón— le sostuvo el hombro con la mano izquierda mientras, aún con la derecha, no soltaba el saludo.

—Venga, Mateo. Vamos a comer algo.

Y con eso bastó. Mateo se sintió bienvenido.

★★★★★

En los días que siguieron, conversó con su madre como nunca antes. Ella lo escuchaba con una ternura nueva. Lo admiraba. Mateo le habló del lago, del bosque, de las montañas, de Milan, de Adrián, del tráiler, de Natalia. Incluso le contó cosas de años atrás. Era como si recién se conocieran. Como si ambos descubrieran, al fin, quiénes eran.

Pero cuando mencionó que había perdido contacto con Natalia, su madre sintió un dolor hondo. La quería como a una hija. Sabía cuánto lo había amado.

—¿La extrañas? —preguntó.

—Sí. Todavía pienso en ella. Pero dejarla ir fue lo mejor. Yo no le hacía bien.

—Mateo, tu padre desapareció de mi vida sin previo aviso. Yo aún lo amaba. Tú eres mucho mejor persona que él, pero quiero que sepas algo: el olvido y la resignación toman más tiempo del que creemos en derrotar al amor. Si aún la amas, ve con ella. Alejarte por miedo a herir o ser herido no es el camino. Hay que arriesgarse. ¿De qué sirve irnos de este mundo ilesos?

—Trato de entenderte, mamá. Pero hay capítulos que quizá es mejor no volver a abrir. Ahora miro hacia adelante. Ella está en Cuzco. Yo tengo mucho por hacer aquí, en Lima. Son señales… y ahora las escucho más que nunca.

—Sí. Pero recuerda que las señales serán tan claras como los lentes con los que las mires. A veces solo son trucos que usamos para justificar lo que ya creemos. Engañamos a nuestra conciencia con ellas. En algún punto, hijo, solo tienes que preguntarte: ¿qué quiero hacer? Y luego… hazlo.

Mateo no respondió. No quería romper esa magnífica frase. Pero por dentro, seguía creyendo lo mismo. No quería volver al pasado. No con esa nueva mirada que había conquistado. Y, lamentablemente, Natalia vivía en sus recuerdos.

★★★★★

Pasaron los días. Natalia seguía apareciendo, como bruma en las mañanas limeñas, mientras él armaba su nueva vida.

Encontró trabajo en una constructora, gracias a la experiencia en California. Al poco tiempo, alquiló un departamento pequeño y dejó la gran casa. Su vida se redujo a trabajar y volver a ese espacio de una sola habitación, baño y sala comedor. Y sin embargo, cada noche, al mirar por la ventana, esperaba ver nieve. Pero no. Solo niebla.

Porque en Lima, su velo gris no llega. Ya está. Se instala sin anunciarse. No hay Lima sin niebla. Y no hay niebla sin melancolía, que es para lo único que sirve.

En los inviernos, Mateo solía caminar por Barranco, su antiguo barrio. Siempre terminaba en el mirador de la alameda Sáenz Peña, frente al mar. Aunque no podía verlo, sabía que estaba ahí. Oculto tras esa bruma habitual, espesa, que cubre todo, pero que no borra nada. Igual que el sol, allá arriba, aguardando.

Y entonces comprendió: siempre hay algo más allá de la niebla. Siempre.

Cuando el clima empieza a templarse en Lima, esa cortina gris se disuelve. Y regresan los atardeceres. Esos cielos encendidos sobre el mar que, cada año, nos enseñan la misma lección. Pero aun así, la olvidamos. Y volvemos a aprender.

★★★★★

Natalia llevaba casi un año en Cuzco. Aunque aún ejercía como abogada de vez en cuando, cada día se sentía más parte del valle. Le gustaba la vida sencilla: participar en las ceremonias comunales, cultivar la tierra de su casa, vender parte de lo cosechado al precio que le ofrecieran y usar el resto para sus comidas.

Esa rutina sin pretensiones le alimentaba el alma. Su corazón se expandía con la fuerza de las montañas, con el aroma del café al amanecer, con el roce de la hierba húmeda bajo sus pies, con el calor de la chimenea en las tardes frías, con el manto de la Vía Láctea que, por las noches, parecía velar por su casa. Y mientras más arraigado se volvía su amor por esa tierra buena, más distante quedaba Mateo. Como un recuerdo encapsulado. Como un eco del pasado.

La madre de Mateo tenía razón: el olvido se parece a una bruma que lentamente cubre las calles de todo lo que alguna vez quisimos conservar. El amor se aferra, pero el tiempo la permea. Y los recuerdos se desdibujan, lejanos, como faroles apagados detrás de una noche espesa.

Un domingo, Natalia se despertó con el primer sol. Bajó a la cocina y preparó café en la vieja cafetera italiana de su abuelo. Igual que él. La luz entraba por la ventana con tímidos hilos dorados, apenas intentando calentar la mañana fría.

Tomó la taza entre las manos y sintió cómo el calor iba trepando por su cuerpo. Desayunó pan y huevos comprados a la misma familia de siempre, igual que en tiempos de su abuelo.

Se abrigó, calzó sus botas de campo y salió al huerto con las herramientas.

El aire helado le golpeaba el rostro. El sol subía despacio. Las cumbres de las montañas aún vestían pequeñas nubes. Ese era su momento favorito. Sin ruido. Sin pensamiento. Solo el ritmo de la tierra entre sus manos.

Entonces, el crujido de una rama. Giró despacio. La luz de la mañana le daba de frente. Vio una silueta. No distinguía el rostro.

—Tenías razón —dijo una voz—. Es el lugar más hermoso del mundo.

Natalia se irguió. Las herramientas cayeron al suelo. Caminó hacia él. Se detuvo a un metro.

—Hola —dijo, con una voz casi inaudible.

—Ha sido un camino largo, pero no había otro destino. Mi vida está aquí. Contigo. Ojalá algún día puedas perdonarme.

—Bienvenido a casa, Mateo —respondió Natalia, aún sin saber si estaba despierta o soñando.

Lo abrazó. Lo tocó para asegurarse de que era real. Se fundieron en un abrazo que quedó sembrado en la tierra oscura y húmeda, bajo el cielo transparente, ante el testimonio mudo de las montañas y esa casa celeste pálido que ahora, por fin, era para dos.

Mateo le contó todo.

Los meses siguientes, su amor por Natalia volvió a crecer. Ya no había niebla. Solo verdad.

Y Natalia… ella no necesitaba crecer más en su amor. Porque siempre lo amó infinitamente.

Mateo no olvidaba a Nicolás ni lo ocurrido. Pero su alma comenzó a sanar. Porque el alma sana cuando entiende. Cuando acepta.

La sanación no llega con el olvido. Llega cuando uno decide quedarse junto al dolor el tiempo que tome asimilarse. Hasta que se acepta. Como el agua que se filtra en la tierra y vuelve a dar vida.

Una tarde, Natalia y Mateo caminaban por una plaza. Vieron a un anciano vestido con ropas típicas de la sierra. Hablaba en quechua ante una pequeña multitud que lo escuchaba en silencio. Parecía un curaca de algún pueblo cercano.

Mateo no entendía ni una palabra. Natalia, en cambio, sí lograba captar algunas frases. Había aprendido desde niña, en los veranos que pasaba con su abuelo en la casa del valle. Años más tarde, cuando comenzó a vivir allí de forma permanente, esa semilla creció con ella.

—Está hablando de las ofrendas a la tierra. Y de no perder la espiritualidad —le dijo, esforzándose por comprender más.

—Nunca he sabido explicar qué es la espiritualidad —murmuró Mateo, observando al orador.

—Aquí la descubrí —dijo Natalia, mirándolo—. Me la enseñó el amanecer cuando se estrella contra los picos. El viento que recorre la hierba. Las estrellas de la noche. El agua pura del río. Es la naturaleza hablándole al espíritu. Las respuestas no están afuera. Están dentro. Solo hay que apagar el ruido… y escuchar.

Lo tomó del brazo. Él la miró, comprendía. Pero también la admiraba. Como nunca antes. Sonrió. Agradecido por tenerla allí.

Un día, después de una larga jornada en el campo, Mateo se lavaba la cara en el lavadero del patio. Al levantar la vista, vio su reflejo en el vidrio de la ventana. Ya no había marcas. Se reconoció.

Guardaba las cartas que Natalia le había escrito. Esa tarde se las mostró. Estaban sentados en una banca de madera frente al valle. Nunca las había respondido. Pero las guardó siempre. Fueron su ancla. Escritas desde un alma noble hacia una quebrada.

Y ahí, bajo el cielo transparente, Mateo encontró la redención.

En algún momento de la vida, todos nos preguntamos: ¿quién soy, realmente? ¿Cuál es el sentido de la vida y qué haré con ella? Y, de alguna manera, sin notarlo quizá, durante nuestra vida habremos respondido a esas preguntas con nuestros propios actos.

Desafortunados los que se hacen esas preguntas cuando ya no queda tiempo. O los que olvidan las promesas que se hicieron a sí mismos cuando estaban derrotados… una vez que vuelven a sentirse invencibles.

★★★★★

Pasaron cinco años. En Cuzco, el tiempo era más lento, más sabio. Mateo se integró a la comunidad, participaba en las ceremonias, cuidaba la tierra. Amaba a Natalia. Por fin entendía lo que ella llamaba espiritualidad.

Una tarde de primavera, el cielo estaba despejado. El sol dorado brillaba sobre el río. Mateo caminaba junto a la ribera, apartando ramas. Buscaba un lugar donde recostarse. Encontró un árbol grande. Le recordó aquel del que Milan solía hablarle. Se tendió bajo su sombra.

A su lado, se sentó una niña.

—Papá, me gusta este árbol.

—A mí también. Este será siempre nuestro árbol, mi adorada Verónica.

Sobre el autor

Carlos Conroy Ferreccio nació en Lima (Perú). Desde temprana edad cultivó una sensibilidad especial por la litera aunque su trayectoria profesional lo llevó por otros can es ingeniero industrial de formación, cuenta con un MB Tecnológico de Monterrey y ha realizado estudios de pos en reconocidas universidades de Estados Unidos. Durante ha publicado columnas y notas de opinión en medios vinc al ámbito corporativo.

La redención de Mateo marca su incursión en la narra ficción. Inspirada en un pequeño pueblo de la sierra de Cal esta novela íntima y conmovedora aborda con madurez como el duelo, la identidad, la memoria, la pertenenc búsqueda de sentido. Con una voz literaria propia y u sobrio y emocionalmente contenido, Carlos Conroy s como un autor con sensibilidad narrativa y proyección l

Su debut promete conectar con lectores que buscan l profundas, humanas y honestas.